# ONDE OS DEUSES TOCAM BLUES

Paulo Maccedo

# ONDE OS DEUSES TOCAM BLUES

www.abajourbooks.com.br
São Paulo, 2022

# ONDE OS DEUSES TOCAM BLUES



Esta é uma obra de ficção. Qualquer semelhança entre as personagens criadas para este livro e pessoas vivas ou mortas é mera coincidência. As pequenas citações de nomes, pessoas, marcas e obras estão resguardadas pela Lei de Direitos Autorais (Lei Federal 9.610/1998) e têm apenas função literária e histórica, estando os direitos das tais reservados aos seus detentores.

**Edição e produção literária:** Gabriel Santana
**Capa, projeto gráfico e diagramação:** Rubens Lima
**Preparação:** Pedro Valadares
**Revisão:** Rafael Censon
**Tradução e adaptação dos trechos musicais:** Duda Amorim

**Dados Internacionais de Catalogação na Publicação (CIP)**
**(Câmara Brasileira do Livro, SP, Brasil)**

Maccedo, Paulo
Onde os deuses tocam blues / Paulo Maccedo. --
São Paulo : Abajour Books, 2022.

ISBN 978-85-69250-33-3

1. Ficção brasileira I. Título.

22-106064 CDD-B869.3

**Índices para catálogo sistemático:**

1. Ficção : Literatura brasileira B869.3

Maria Alice Ferreira - Bibliotecária - CRB-8/7964

***Nota:** Muito cuidado e técnica foram empregados na edição deste livro. No entanto, não estamos livres de pequenos erros de digitação, problemas na impressão ou de uma dúvida conceitual. Para qualquer uma dessas hipóteses solicitamos a comunicação ao nosso serviço de atendimento através do e-mail: atendimento@dvseditora.com.br. Só assim poderemos ajudar a esclarecer suas dúvidas.*

Para o meu querido filho Benício.

# SUMÁRIO

# PREFÁCIO

As Musas sempre estiveram ao lado do Paulo Maccedo. Quando jovem, manifestaram-se nos desenhos e nos instrumentos musicais. Agora, mais amadurecido, desvelam-se no mundo das letras. Ele se tornou um homem de letras. No sentido mais genuíno: o de saber simbolizar a realidade e lhe dar sentido e ordenação. O seu estilo carrega aquilo que Sêneca, Cícero, Boécio, Agostinho, Rousseau, Salinger e tantos outros escritores possuem: a naturalidade da escrita; a imitação da fala. Ao ler o romance, parece que alguém está ao nosso lado contando a própria história. Sem pedantismos ou descrições forçadas. Tudo se encaixa perfeitamente, como uma música bem arranjada. As melodias são prazerosas. Suas palavras são, literalmente, cantadas.

É possível enxergar a leveza do *querubim gigantesco,* como G. K. Chesterton era chamado, nesta obra. A vida difícil e turbulenta é levada com uma certa comédia. O seu lado trágico está mais para Dom Quixote que para Ésquilo. Neste pequeno romance de formação, em que se tem o Charles como protagonista, um garoto apaixonado por Blues, desvela-se a tragicomédia cotidiana. Qualquer brasileiro comum é capaz de se deixar levar pelos seus sonhos e tormentos. Seu drama espiritual se move dialeticamente entre o ódio e o amor, o desespero e a paixão pela música, entre o sucesso e o Pai Nosso que é rezado por Charles antes das apresentações ou depois da sexta dose de uísque. Pois, para o pequeno Chad, como é conhecido entre os mais íntimos, a beleza artística é a manifestação mais direta da divindade. Sua alma é o entrelaçamento do dionisíaco com o apolíneo, os quais se revelam, respectivamente, na inspiração da embriaguez artística e na doce harmonia proveniente da sua gaita. Não seria exagerado afirmar que a narrativa possui uma inspiração agostiniana: a angústia e a paz são as potências que movem a pena do escritor que quer confessar algo que está há décadas sendo gestado.

A melancolia do passado e das projeções futuras está muito presente na obra. Vale ressaltar a narrativa que faz menções a lugares e personalidades históricas do Blues: os negros, Mississipi, Chicago, Memphis, Memphis Blues Festival, Robert Johnson, Gary Moore. Tudo isso está carregado de uma vaga tristeza que alimenta não somente a criatividade do protagonista, mas que proporciona às cenas um sombreamento de infinitos matizes entre o branco e o preto.

O leitor irá notar que há um grito de desespero que perpassa a obra do início ao fim, como se estivesse tentando dizer: “Dá, ó Senhor, a cada um o seu sofrimento, mas também a sua redenção!”. E a redenção, neste caso, é o Blues, que se transparece, em dado momento, por meio da pergunta esfíngica: “Por que eu gosto tanto disso?”. Na tragédia de Sófocles, Édipo responde e obtém um momento de glória, enquanto Charles, ao respondê-la, terá a sua alma inevitavelmente devorada – uma consumação que precede um renascer. A busca por uma resposta é como se fosse um estágio da necrobiose[1], em que

[1] Necrobiose - “Não se trata de um milagre, mas a transformação por que passa a lagarta dentro do casulo é um verdadeiro milagre que equivale à ressurreição dos mortos. ‘Assim, entre os insetos, durante a fase de imobilidade da ninfa, os tecidos da larva sofrem a histólise, ou seja, a degenerescência das gorduras ou necrobiose filogênica.’

a lagarta, dentro do casulo, está viva-morta, prestes a dar origem a um outro ser, mais livre. Esta liberdade, para Chad, é alcançada em cima da sua Harley-Davidson, que o conduzirá àquilo que os gregos denominaram de conversão espiritual, da qual ninguém sai ileso.

Seymour Glass

Autor de Ensaios Sobre os Deuses Depressivos

*"O blues é a raiz, o resto são frutos."*

**Willie Dixon**

*"O blues não é nada além de um homem bom se sentindo mal."*

**Leon Redbone**

# PRELÚDIO

Ele aparecia no beco quatro ou cinco noites por semana. Escolhia um canto, ajeitava-se e, em poucos minutos, lá estava a empunhar sua gaita, a encostar a boca no metal e a deslizar os lábios pela escala diatônica. O que acontecia depois era mágico.

Jovens moças convenciam suas mães a passar por ali só para discretamente o admirar – não somente pelo que ouviam, mas também pelo que podiam apreciar com os olhos; velhos e entusiastas de boas composições perambulavam "incidentalmente" por aquele caminho, deixando-se levar pela nostalgia do som rústico e visceral; jovens vadios que transitavam por ali a fim de diversão também se rendiam ao poder de seus solos batendo o pé no ritmo de *shuffle*.

Algumas janelas do beco ficavam abertas durante toda a apresentação. Uma senhora de cabelos grisalhos e olhos fundos aparecia na sacada para fumar um cigarro; um cão de rua esquecia as latas de lixo por um momento e se deitava próximo aos seus pés; vez ou outra, também, um trio de bêbados dividia uma garrafa de rum em silêncio para não atrapalhar a trilha sonora.

Entre *bends, wah wahs* e *vibratos,* a expressão enigmática de seus sopros. Em certos momentos, os ventos do Sul pareciam fazer harmonia com seu blues nostálgico e, enquanto o som invadia os quartos dos sobrados, tínhamos a leve impressão de sermos transportados para as velhas ruas do Mississipi, talvez para um bar, à beira da estrada, entre carvalhos e nogueiras. Um pouco mais de notas e podíamos nos ver sentados à beira do Grande Rio, num tempo onde os pobres meeiros negros entoavam dos mais introspectivos e calmos aos mais ferozes e entusiásticos cantos.

Ele permanecia lá, em pé, com uma das pernas escoradas na parede descascada. Manuseava a caixa de gaitas, trocando os instrumentos conforme a tonalidade e o sentimento da canção: das músicas de trabalho dos campos de algodão aos sons de tragédia romântica dos bares da cidade; do lamento dos oprimidos ao grito de independência; da paixão dos lascivos à gargalhada do fatalista.

A lua cheia surgia no céu para iluminá-lo, gerando uma espécie de holofote natural que evidenciava seu ornamento: camiseta branca, jaqueta marrom de couro, boina preta, calças jeans desbotadas e botas de cano médio. Em seu rosto, uma fina armação de óculos modelava seus olhos, abertos apenas após o último respiro da última nota de cada canção.

A caixa de madeira envelhecida continuava aberta até a música parar. Nela eram postos trocados, que putas, drogados e outros caridosos deixavam como pagamento pelos concertos nas noites escuras. E até o som daquelas moedas entrando em atrito parecia colaborar com o repertório.

Muitos que o viram por ali se arrependem de não o ter aplaudido com mais ênfase, da forma como se venera a um deus. Há os que sentem falta daquela trilha sonora, que tornava as noites do beco mais suportáveis. No entanto, sabe-se que, após algum tempo, ele nunca mais foi visto caminhando pelo beco com sua caixa de gaitas na mão.

# 1

Charles acordou com preguiça. Ainda deitado na cama, observou vagamente o teto com reboco descascado. Sem vontade alguma de se levantar, sentou-se e deixou-se levar mais um pouco pela moleza. Pensou nos compromissos do dia, bocejou e enfim se levantou.

Caminhou até o banheiro, apoiou-se na pia encardida e lavou o rosto. Após afastar a toalha, conferiu no espelho duas espinhas que surgiram durante a noite. “Pareço um adolescente na puberdade!”.

De volta ao quarto, ligou a vitrola num volume agradável, vestiu as calças, a camisa branca e a jaqueta marrom. Esfregou os cabelos de qualquer jeito, encaixou os óculos, olhou-se novamente no espelho e foi até a cozinha.

Procurou algo que pudesse servir de alimento na bagunça de sua pequena mesa de canto. Nada além de farelos de biscoito. Foi até a velha geladeira e capturou o último pote de geleia de framboesa — o sabor já não era dos melhores, mas não havia outra opção.

Comeu em pé, escorado na pia de mármore da cozinha. Viu o movimento na frente da casa através da janela: coletores apanhando o lixo, o vizinho da frente caminhando para o trabalho, crianças do primário esperando o ônibus da escola.

Terminado o café da manhã — se é que podemos chamar assim — largou o pote vazio de geleia na mesa e voltou para o quarto. Sentou-se novamente na cama desarrumada e apanhou o par de botas embaixo do estrado.

Calçou as meias, encaixou os pés no calçado, pensou mais um pouco, levantou-se, foi até o canto e ajeitou a mala de gaitas. Conferindo se a carteira estava no bolso, perdeu alguns minutos procurando o relógio de pulso. Então pôs a boina na cabeça, voltou ao banheiro e escovou os dentes.

Passou pela porta.

— Bom dia, Charles! — saudou vizinho do lado, enquanto regava as plantas.

— Bom dia, Sr. Will! — respondeu Charles.

Atravessando o gramado, o gaitista pôs-se a caminhar carregando sua caixa de gaitas.

Cabe aqui falar um pouco mais sobre Charles...

Enquanto escrevo essa história, tenho em minhas mãos uma fotografia dele com quase quinze anos, tocando uma guitarra improvisada. Desde que vi essa foto, desejei escrever sobre ela. Mais do que interessante e histórica, essa figura me fez imaginar a sensação de carregar o sonho de ser um músico admirado e reconhecido. Observo na imagem um adolescente com uma guitarra ainda imaginária avistando o futuro, desejando os palcos e o prazer de tocar para multidões.

Charles era apaixonado por música desde muito pequeno. Batucava nos objetos da casa, trocava os brinquedos por pedaços de varetas e latas, divertia-se tirando som de tudo o que lhe atraía, nem mesmo as panelas da casa não escapavam de seus testes percussivos.

Na escola, o pequeno "Chad" (apelido de infância) adorava as aulas musicadas do primário. Era capaz de gravar cada pedacinho das letras das canções. Concentrado, cantarolava as musiquinhas infantis pelos cantos enquanto sua mãe cozinhava e cuidava de sua irmã mais nova. Na casa que morou, Charles teve seus primeiros contatos com a mágica do som.

O gaitista nasceu e cresceu nos EUA numa época complexa em relação a questões sociais, políticas e econômicas. Nesse tempo, a construção de uma das maiores potências mundiais passou por obstáculos, que se desenvolveram num mundo marcado por transformações. Diante do cenário econômico confuso, a infância de Charles teve vários períodos de dificuldades financeiras.

Ele e sua irmã foram criados somente pela mãe. O pai os abandonou quando ele ainda era bem pequeno. Aliás, um fato misterioso sobre o pai rondava a família, já que mãe de Charles raramente mencionava algo sobre o assunto — isso a incomodava profundamente. Assim, Charles cresceu com muitas dúvidas e um enorme desejo de conhecer o pai. Ele sabia que o pai também havia sido músico na juventude, e que cantava e tocava violão. Isso gerava nele uma mistura de orgulho e raiva — orgulho pela herança musical, raiva pelo abandono.

Naquela manhã, enquanto caminhava carregando sua mala de gaitas, o local de destino era o Taberna — famoso bar da cidade, uma espécie de ponto de encontro de admiradores de boa música, mulheres, cigarros e bebidas. Havia um ensaio marcado às 10h com um grupo de blues, a Beat Blues Band. Charles estava feliz com o som que andava fazendo com a banda. Com ele, a Beat formava um excelente quarteto, que conquistava espaço em bares populares da cidade. Ao chegar ao Taberna, o gaitista dirigiu-se ao fundo do salão, em direção ao pequeno palco liberado para o ensaio dos artistas que tocavam ali à noite.

— Ei, Alan! Vamos botar para quebrar nesse bar hoje?

— Pode apostar, Charlito! Vamos fazer o estoque de uísque zerar.

Charles também cumprimentou Sam, enquanto ele aquecia os tambores e pratos. Depois, ficou por alguns minutos parado na parte de baixo.

— Charles, o que há?! Vai ficar aí parado ou vai botar as gaitas para chorar? — perguntou Alan, soltando uma baforada de cigarro.

Charles abriu um sorriso de canto, subiu as escadas da plataforma e se ajeitou. Pôs a caixa de gaitas no chão, puxou um dos bancos de bar que estava ao lado, abriu a caixa e retirou uma flanela. Esfregou as mãos, pegou uma harmônica com afinação em dó, tomou fôlego, virou-se para Alan e executou um tema.

Sam puxou uma batida: *"tum, ti-tá, ti-tum, ti-tá, ti-tum"*. Alan, já com a guitarra afinada, entrou com o *riff*. Charles começou a solar. A energia do blues se espalhou, reverberando nas paredes decoradas do salão vazio. As cadeiras suspensas por cima das mesas, os quadros emoldurados com fotos antigas, as taças fora do lugar e as garrafas penduradas vibraram com o som vindo do palco.

Bastou alguns minutos para que o quarto elemento do grupo aparecesse. Ele entrou em silêncio, desencaixou uma cadeira, sentou-se e pôs-se a assistir os amigos tocando. Quando os três terminaram, ele aplaudiu e disse:

— Por favor, rapazes, me deem um autógrafo... bem aqui na bunda!

— Ei, Ang! Suba aí, estávamos esperando por você! — disse Alan.

— Pensei que eu não fizesse falta nessa banda de merda — rebateu Angus.

— Seu bastardo! Você e suas piadas tiradas do rabo! — complementou Sam.

— O ensaio nem começou e vocês já querem acabar com ele! Calem a boca ou a porrada vai cantar! — fechou Charles.

Os quatro riram.

# 2

Do outro lado da cidade, próximo às fábricas de aço, Laura – a mãe de Charles – pensava no filho. Há dois anos, Charles decidiu morar sozinho no Centro para, segundo ele, ficar mais perto das oportunidades de trabalho como músico. Desde que foi embora, no entanto, procurava visitar a mãe pelo menos uma vez por semana. Costumava surgir na porta da casa nas segundas ou terças, mas não havia aparecido daquela vez. Quando não dava notícias, Laura sabia que o filho andava ocupado com os ensaios, ou não havia conseguido dinheiro para o táxi. Bem, para continuarmos a história, também precisamos falar um pouco mais sobre Laura...

Tenho aqui em mãos outra foto. Nela eu vejo Laura ainda bem jovem ao lado do pai, da mãe e das irmãs, num tradicional registro familiar. As meninas sorriem. Das três, Laura é a mais bela. No entanto, a Laura, adulta, pouco lembrava aquela menina da foto. Estamos falando de uma mulher que estava submersa numa terrível tristeza — algo beirando à depressão. Sua filha mais nova, Julie, ainda morava com ela, mas trabalhava o dia inteiro para bancar os estudos e, quando não estava cuidando das matérias atrasadas, dedicava tempo e dava atenção ao noivo. Por isso Laura passava a maior parte do tempo abraçada pela solidão, deitada, fumando muito e ouvindo canções tristes de sua terra natal. Uma delas dizia:

Oh! Que saudade do luar da minha terra
Lá na serra branquejando folhas secas pelo chão
Este luar cá da cidade tão escuro
Não tem aquela saudade do luar lá do sertão.

Laura pode ser lembrada como uma boa mulher – lutadora, determinada e orgulhosa do sangue latino que carregava. Merece as honras por ter criado seus dois filhos sozinha, trabalhando pesado nas fábricas de aço de Pittsburgh. Com o tempo, o desgaste com o trabalho e os afazeres domésticos fizeram de Laura o que podemos intitular de *mulher-sem-gosto-pela-vida.*

Até a fase adulta, Charles tentava minar a liberdade amorosa da mãe. Não aceitava muito bem os relacionamentos dela e, por isso, estavam sempre brigando quando ainda moravam juntos. O que levava Charles a tomar essas atitudes controladoras, além do ciúme, era a frustração de não conhecer o pai. Culpava a mãe pelo abandono. Apesar disso, reconhecia todo o esforço que ela teve ao criá-lo.

Laura fez parte dos mais de dois mil imigrantes brasileiros que chegaram aos EUA no começo da década de 1960. Ela, com seus pais e irmãs, situou-se inicialmente em Flying Hills, região localizada na Pensilvânia, no Condado de Berks. José Castro, o pai de Laura, fazia parte de uma das raras famílias de classe média de uma cidade do Nordeste Brasileiro, Exu, em Pernambuco. Este, após perceber que os recursos no sertão eram cada vez mais escassos e querendo buscar uma vida melhor para a família, juntou dinheiro, e levou a mulher e as filhas para os EUA. Enquanto boa parte de seus conterrâneos partia para outros estados brasileiros – como Rio de Janeiro e São Paulo –, por influência de um amigo, José preferiu migrar para outro país a fim de escapar da vida difícil no sertão. Logicamente, foi uma decisão difícil, complexa em muitos aspectos, e também demorada. Não se muda de país de uma hora para outra, ainda mais para uma terra tão distante e com cultura totalmente oposta, numa época delicada social e economicamente.

Como é de se imaginar, José enfrentou muitas dificuldades com o idioma, as políticas de migração, o preconceito e outros obstáculos que surgiram durante a jornada. "José Castro é um homem que pensa grande... Foi para os Esteites!", diziam os vizinhos nordestinos. E sua fama como homem que pensou no melhor para mulher e filhas, decidindo superar barreiras geográficas e culturais, espalhou-se pela cidade. Um caso raro para época, talvez, mas não impossível, como se pode ver. "Vou trabalhar numa fábrica de alimentos", disse José à esposa e às filhas depois de meses tentando encontrar emprego no novo país. Apesar das dificuldades econômicas presentes na Pensilvânia — sobretudo pelos efeitos da Grande Depressão da década de 1930 — algumas empresas necessitavam de mão de obra barata, e um imigrante latino era perfeito para ocupar um posto de trabalho desse nível.

Tempos depois, Maria, mãe de Laura, também começou a trabalhar como garçonete numa lanchonete da região onde havia uma comunidade brasileira. Assim, a família Castro sobreviveu no solo norte-americano, onde latinos ainda eram muito discriminados. Se fôssemos usar um termo para a segregação étnica que aquela família enfrentou, ele estaria mais próximo daquilo que os hinduístas chamam de Pária. No hinduísmo, o Pária é a pessoa não pertencente a qualquer casta, considerado impuro e desprezível pela tradição cultural; uma versão mais generalista sugere 'alguém mantido à margem da sociedade'. Como se diz no Brasil, os Castro comeram o pão que o diabo amassou, mas, com ajuda da comunidade brasileira, conseguiram se firmar.

Charles conhecia a história da família de cor. Admirava o avô materno, mesmo sabendo que seu nascimento foi motivo de desavenças entre o velho e Laura. A origem da família fascinava o gaitista. Ele morria de vontade de conhecer o Brasil, principalmente a região Nordeste. Sentia o desejo de pisar no mesmo solo que os avós pisaram e de estar no ambiente em que a mãe brincava na infância. Queria ver de perto a tal 'seca', muito citada por Laura. Queria saber como era o sertão e a caatinga, não apenas de ouvir falar, mas de ver e sentir. "Um dia vou tocar um blues no chão do baião", dizia. E assim alimentava o sonho de visitar a terra que deu origem à família Castro. É de se admirar o fato de Charles não ter sido picado pelo bicho da soberba americana, a ponto de renegar suas origens.

Charles, que era mais do que um mero tocador de gaitas, agia como um pesquisador. Lia muito sobre a origem dos estilos musicais. Um dia descobriu que o baião, ritmo admirado pelo avô materno — que, inclusive, dizia ter conhecido o rei do estilo, Luiz Gonzaga —, teve origem no Lundu, dança e canto de origem africana introduzidos no Brasil por escravos de Angola. O gaitista percebeu então que baião e blues têm origem semelhantes, já que esse último também se originou de escravos africanos nas fazendas americanas de algodão. Isso aumentou ainda mais o desejo de Charles de viajar para o Brasil e de fazer um *crossroad* ou, como chamavam na terra de seus avós e mãe, uma "encruzilhada".

*"Eu fui à encruzilhada, mamãe. Eu olhei de leste a oeste"*, cantava Robert Johnson.

# 3

De volta ao Taberna.

— Quase duas horas de ensaio! Estou satisfeito — disse Alan.

— O ensaio foi proveitoso. Só temos que fechar aquelas passagens. Acho que ainda está muito impreciso — disse Angus, referindo-se a um arranjo musical específico.

— Estamos dessincronizados nesta, mas, em todas as outras, o som fluiu perfeitamente — completou Charles.

— Exatamente — continuou Angus — Vamos deixar para trabalhar essa canção no próximo ensaio e aproveitar o restante do repertório para embalar a noite de hoje.

Os quatro consentiram e começaram a guardar os instrumentos.

Alan enrolou os cabos, Angus encapou o baixo, Sam cobriu os tambores e Charles desativou o microfone.

— Temos que chegar aqui às 21h, certo? — perguntou Alan.

— Sim, para passarmos o som; mas só começaremos a tocar às 22h — respondeu Angus.

Já com a guitarra nas costas, Alan se despediu. Depois, um a um, todos foram descendo do palco. Charles deixou a caixa de gaitas estacionada na plataforma, foi até o balcão e pediu uma limonada ao dono do Taberna. Até uma certa idade, o gaitista tinha fama de careta. Raramente consumia álcool e não fumava nada. Os amigos zombavam dele por isso, mas ele pouco se importava com as opiniões alheias sobre seu modo de vida. O único vício atual de Charles era, especificamente, uma mulher...

Nos últimos meses, andava se encontrando com Carolina, uma jovem latina um tanto doida e atraente, que ele conheceu num bar. Magra, de estatura mediana, usava uma maquiagem carregada e um batom vermelho; vestia jeans rasgados e apertados, jaqueta de couro barato e camisetas pretas. Às vezes, Carol dormia na casa de Charles ou passava noites com ele em algum quarto de motel barato.

Depois do ensaio no Taberna, como o gaitista teria o resto do dia livre, decidiu ir para casa praticar um pouco de música. Antes, porém, precisou passar no mercado para comprar algumas coisas. Já no comércio, recolheu alguns pacotes de macarrão, bolachas, enlatados, café e uma garrafa de leite. Foi até o caixa, pagou a conta e saiu. Estranhou não encontrar um jovem amigo que trabalhava como carregador no mercado, um menino negro muito bem-humorado que era tão apaixonado por bateria, que às vezes era repreendido pelos patrões por ficar batucando em objetos.

Charles voltou para casa.

— Boa tarde, gostoso! — foi o que ele ouviu ao se aproximar do gramado.

Reconhecendo a voz, levantou os olhos com um sorriso no rosto.

— Boa tarde, adorável doida! — respondeu ele, andando em direção à mulher sentada em frente à porta.

Carol se levantou e distribuiu beijos no pescoço e no rosto do namorado.

— Você vai me sujar todo de batom! — exclamou ele, olhando fixamente nos olhos dela.

— Eu sei que você gosta disso, grandão! — rebateu a moça enquanto dava início a outra sequência de beijos famintos, dessa vez, na boca.

— Vamos entrar, estou com muita fome! — disse Charles, esquivando-se da namorada.

Charles e Carol passaram a tarde juntos, transaram ao som de blues e, como aquele era um dia de folga dela, ficaram tranquilos, sem preocupações, deitados no tapete do chão da sala, até que adormeceram. Horas depois, ele acordou assustado, olhando para o relógio e percebendo estar atrasado.

— Carol, preciso ir.

— Posso ir com você, grandão?

— Só se você se comportar direitinho...

— Tudo bem, papai! Serei uma boa menina!

Os dois seguiram para o Taberna.

No bar, alguns fregueses já estavam sentados, fumando e bebendo. Alan e Angus passavam o som de seus respectivos instrumentos. Sam estava parado em frente à porta do salão tomando uma cerveja.

Charles e Carol se aproximaram.

— Ei, Sam! Começou cedo, hein? Essa é a primeira da noite ou já zerou o estoque de cerveja do bar?

— Fique tranquilo, Charles! Deixei umas cinco para você lá.

Sam despejou a lata vazia de cerveja na lixeira e os três adentraram no Taberna. Dentro do salão, o gaitista se despediu da namorada, que se assentou num dos bancos altos em frente ao balcão.

Já no palco, Charles cumprimentou os outros membros, abriu a caixa de gaitas, retirou o microfone e se preparou para a passagem de som. Alguns minutos depois, os quatro estavam prontos para tocar. Passaram juntos um trecho de *"Don't Start Me Talkin"* e desceram para aguardar o momento da apresentação. Charles foi em direção à Carol, que já viajava em uma dose de uísque com gelo.

— Já está enchendo a cara, amor?

— Oh, claro! Estou dando partida no carro!

— Não vá perder os freios, hein!

— Já estou desgovernada há tempos!

Os dois se beijaram.

Os membros da Beat se sentaram próximo a Charles e Carol. Angus estava acompanhado de sua esposa, mas Alan e Sam estavam sozinhos. O grupo conversou sobre coisas aleatórias durante alguns minutos. Depois, quando o cheiro de tabaco e incenso aromático já havia tomado a atmosfera e as conversas se misturaram formando uma massa de palavras e risos, o grupo se preparou para a ação.

No relógio pendurado na parede do fundo, os ponteiros indicavam 21h55. O dono do bar sinalizou positivamente. O quarteto subiu no palco e as luzes se apagaram. Pôde-se ouvir o som sutil dos acordes da guitarra de Alan, que conferia mais uma vez a afinação.

Tudo certo.

Dos lábios de Angus, surgiu a contagem: "*Um, dois, três; um, dois, três...*" e o blues enérgico voltou a tomar conta do Taberna. Era o que faltava para completar a noite. Os fregueses mantiveram as conversas, os jogos e as *bica-das* nos copos, mas agora embalados pela trilha sonora tocada pelo quarteto.

Aquela era a Beat Blues Band.

# 4

A APRESENTAÇÃO DA BEAT SEGUIU.

Do palco, Charles observou Carol mergulhar em mais copos de uísque. O gaitista se sentia cada vez mais atraído pelo jeito livre de ser da latina. Sua alma selvagem o deixava doidinho, e ele não descartava a possibilidade de algo mais sério. A Beat tocava agora *"Let Me Love You Baby"*, de Buddy Guy:

Bem, oh baby!
Você sabe eu afirmo, você parece tão legal!
Eu disse: Oh, baby!
Você sabe eu afirmo, você parece tão legal!

Num dado momento, Charles percebeu que a namorada não estava mais sozinha no bar. Um homem de meia-idade, adornado com chapéu, terno preto e segurando uma bengala conversava com ela. O gaitista observou que o homem exibia um olhar sedutor, enquanto bebericava uísque e falava próximo ao ouvido da moça.

Charles foi tomado pelo ciúme, mas procurou se conter. Tentou focar na apresentação, mas quando percebeu que Carol parecia se deixar levar pela conversa, esboçando sorrisos e gestos de interesse, não conseguiu mais se concentrar tão bem na execução das músicas.

O velho que incomodava Charles flertando com sua namorada era Gavin Wilson, um homem de postura imponente, cuja presença era notória por seus apelos eloquentes. Wilson era um grande empresário e uma espécie de olheiro de artistas do ramo da música. "Seu faro para o sucesso era imbatível" — diziam. — "É uma espécie de Rei Midas da indústria fonográfica americana". Isso se devia ao fato de Wilson fazer dos artistas e das bandas em que punha as mãos uma grande fonte de fama e sucesso.

Sem saber de quem se tratava, Charles continuou olhando atento em direção ao bar até que, numa pausa da apresentação, descobriu quem era a figura. Angus reuniu os músicos discretamente em frente à bateria e disse baixinho: "Caramba, vocês já viram quem está aqui?". Os colegas respondem negativamente. "Olhem para o balcão". Sam e Charles olharam discretamente, mas Alan virou sem disfarçar. Angus prosseguiu: "É Gavin Wilson, um dos produtores musicais mais bem-sucedidos do país!". Alan disse: "É mesmo, cara! Será que ele veio nos ouvir tocar?". "Acho que sim... Vamos quebrar tudo!", respondeu Angus. O quarteto voltou a tocar.

Charles já tinha ouvido falar de Wilson, mas não o conhecia pessoalmente. E o fato de saber agora quem era o velho não fez com que a chama de raiva e ciúmes fosse apagada. "Maldito!", pensou o gaitista, prosseguindo com os solos.

O quarteto agitou a noite com as canções animadas e depois seguiu com um repertório mais lento e sentimental, de Johnny Winter a B.B. King. Os copos continuaram a viajar das mesas para as bocas.

Chegou o intervalo.

Os músicos desceram sob o som de aplausos, beberam água, secaram os rostos e caminharam em direção ao balcão. Charles seguiu com um olhar fixo em Carol e se preparou para encarar o velho Wilson.

Angus deu as mãos à esposa, aproximou-se de Wilson e disse:

— É uma honra vê-lo por aqui!

— A honra é toda minha — respondeu Wilson.

— Oh, desculpe! Meu nome é Angus.

— É um prazer, Angus! — disse o empresário, apertando a mão do baixista. — Tenho ouvido falar muito bem de vocês e tive que conferir pessoalmente... O som realmente é muito bom!

— Obrigado, Sr. Wilson!

— Oh, pode me chamar apenas de Wilson.

— Ah, sim, claro! Wilson! — disse Angus, meio desconcertado.

Os outros componentes da Beat acompanharam a conversa.

Charles cochichou com Carol:

— O que vocês tanto conversavam, hein?

— Ele estava apenas perguntando coisas sobre a banda — respondeu Carol, com um olhar tonto de uísque.

— Certo...

— Não está com ciúmes, está?

— Ih, claro que não. Até porque eu sou mais bonito, né?

Wilson e Angus continuaram a conversa:

— Vocês já têm empresário?

— Não, diretamente… quer dizer… sou eu mesmo quem cuida da produção da Beat.

— Eu tenho uma proposta para fazer ao seu grupo. Vá amanhã, às 14h, neste endereço — disse Wilson, tirando do bolso um cartão de visitas.

— Tudo bem, combinado! Mas o senhor… digo… você... vai terminar de ver nossa apresentação, não é?

— Oh, não! Desculpe, eu tenho outro compromisso.

— Então, até amanhã!

— Até!

Wilson se encurvou para se despedir de Carol com um beijo na mão. Depois, levantou-se e retirou-se do salão acenando com a cabeça.

Quando a Beat terminou de se apresentar, os quatro rapazes comentaram sobre a visita de Wilson. Será que ela representava a oportunidade de ascender no mundo da música? Eles saberiam depois...

Naquela noite, já em casa, Charles contou à namorada: "Existe uma lenda de que Robert Johnson, o maior cantor de blues de todos os tempos, teve que fazer um pacto com o Diabo para ter sucesso". "Uau! Intrigante!", exclamou Carol. "Interessante? Bem... é de arrepiar..." — continuou Charles — "A lenda conta que ele conheceu o Diabo numa encruzilhada à meia-noite e fez um acordo para vender sua alma em troca de se tornar o maior músico de blues do mundo. Acredita-se que ele ficou à espera do Demônio na encruzilhada de duas rodovias. À meia-noite, o Diabo em forma de um homem apareceu para afinar seu instrumento... O pacto foi selado e Johnson teria tomado uísque com o Chifrudo, que marcou um novo encontro para dez anos à frente, quando, naquela data, levaria a alma de Johnson para o inferno". "E ele levou?", perguntou Carol. "Muitos dizem que, após o término do prazo do contrato, Johnson teria sido morto pelos cães do inferno, que vieram saldar seu débito com o Demônio da encruzilhada... Ele morreu com vinte e sete anos", completou Charles, enquanto afinava um violão.

Charles contou a história para brincar com o fato de Gavin Wilson ter aparecido interessado no trabalho da Beat Blues Band. "Bem... Carol... eu acho que chegou nossa hora!". "Como assim?", questionou a namorada. "Aquele tal de Wilson é o próprio Diabo e apareceu para fechar um contrato e nos levar ao sucesso em troca da nossa alma".

Carol soltou uma gargalhada.

Charles começou a cantar uma canção de Robert Johnson:

*Eu fui para a encruzilhada, caí sobre meus joelhos.*
*Eu fui para a encruzilhada, caí sobre meus joelhos.*
*Pedi ao Senhor: Tenha misericórdia!*
*Salve o pobre Bob, eu imploro!*
*Em pé na encruzilhada, tentei conseguir uma carona.*

# 5

No dia seguinte, Alan e Angus chegaram ao escritório do midas da música. Estavam ansiosos para saber da proposta, mas tentaram se mostrar profissionais o suficiente para não deixar transparecer nada. No elevador, Alan disse que preferia deixar Angus tratar do assunto diretamente com Wilson e decidiu ficar do lado de fora. Chegando à recepção, eles se depararam com Tina, a secretária.

— Boa tarde! Temos um horário marcado com o senhor Gavin Wilson.

— Sim, os senhores são da Beat Blues Band, certo?

— Isso mesmo.

— Peço que aguardem um pouquinho… o senhor Wilson está terminando outra reunião.

— Tudo bem. Aguardaremos.

Os dois se acomodaram em duas das poltronas enfileiradas.

Alan não se conteve e disparou baixinho, olhando de canto para Tina:

— Cara, que gata!

— Contenha-se, garanhão! — aconselhou Angus.

Tina estava fazendo algumas anotações e, quando ouviu o comentário de Alan, levantou disfarçadamente a cabeça, esboçou um sorriso tímido e voltou a escrever em seguida.

Dez minutos de espera.

Alan não tirou os olhos de Tina, e Angus não tirou os olhos da porta. Podia-se ouvir fragmentos sonoros de vozes surgindo da sala do empresário. Angus levantou-se para ir ao banheiro, e Alan aproveitou a chance para puxar conversa com Tina: "Conhece muitos músicos famosos, não é? Algum que você é fã e ficou feliz de ter conhecido?". Ela, ainda tímida, mas demonstrando algum interesse, respondeu sorrindo: "Ah, tem vários, mas acabei me acostumando. Nem peço mais autógrafos".

Ao retornar do banheiro, Angus percebeu um ruído de cadeiras sendo arrastadas e diálogos de despedida vindos da sala de Wilson. Sentou-se novamente e ficou atento. A porta foi aberta e Wilson saiu acompanhado de ninguém menos que Slash. Angus esqueceu por um instante da secretária e arregalou os olhos. Slash se despediu de Wilson e de Tina, parou em frente aos dois músicos, acendeu um cigarro, acenou com a cabeça e atravessou a porta de saída. Wilson deu uma olhada para Angus e Alan, articulou um movimento com as mãos pedindo para esperarem mais um pouco e retornou para dentro da sala. Alan olhou para Angus e perguntou retoricamente:

— Aquele era o Slash?

— Sim, o próprio.

— Que demais!

Mais dois minutos se passaram e Wilson convocou Angus para a reunião.

— Desculpe a demora. O dia hoje está bem corrido — justificou-se o empresário enquanto apertava a mão de Angus.

— Tudo bem... não precisa se desculpar.

— Certo, vamos direto ao assunto!

Angus se acomodou na cadeira e abriu os ouvidos.

— Então, como eu lhe disse ontem, tenho uma proposta para fazer aos senhores. Faz tempo que ouço falar bem de sua banda e tenho interesse em ser o empresário de vocês. Seu grupo tem base técnica, carisma e uma boa aceitação de público. Acredito que vocês têm grande potencial para além dos barzinhos.

Uma longa conversa se desenrolou entre os dois.

***

Na casa do gaitista, uma canção pulsava na vitrola. Era Buddy Guy com sua guitarra pesada, sua voz rouca e seu *swing louisiano*. Charles tentava dar um jeito na casa, que, por sinal, estava mais bagunçada que o de costume. Passou a vassoura no chão enquanto pensava curioso sobre a conversa de Angus com Wilson. Apesar de não ter simpatizado com o midas da música, e de até brincar chamando-o de diabo, ele sabia que aquele encontro representava uma grande oportunidade para sua banda.

O disco agarrou na vitrola, mas, envolvido com a limpeza e perdido na viagem de seus próprios pensamentos, o gaitista demorou a perceber. O ruído de disco arranhado permaneceu até que ele caiu em si e deu um tapa na agulha. A música voltou e ele retomou a faxina.

Em dado momento, o gaitista se lembrou da noite anterior e do comportamento de Carol diante do Velho Diabo. Novamente, o sentimento de ciúmes tomou conta dele. Cantou: *"É melhor você ir embora, é melhor você deixar a minha menina sozinha"*. Empilhou alguns livros em cima da estante, varreu a sujeira dos cantos, rebateu um tênis que estava jogado no meio do piso e deu vassouradas para a frente e para trás no ritmo do som, enquanto cantarolava: *"Senhor, antes que eu fique mal, cara, eu sou famoso por fazer coisas erradas"*.

Charles se empolgou com a apresentação e emitiu sons na direção do cabo da vassoura, que, por instantes, foi transformado em microfone. Sua raiva o fez interpretar a canção com ênfase. A música, ao invés de acalmá-lo, agitou-o. *"...deixe-me dizer-lhe senhor, essa é uma maneira certeira de como começar uma briga!"*.

Ele dançou pela sala e, em seguida, abriu a porta da frente para terminar a varredura. Não mais varria, porém. Imaginava-se num palco, cantando para uma multidão apaixonada. Visualizava cada rosto do público e cada boca cantando com ele. A banda o acompanhava, entrosada na levada mágica do blues. Charles se entusiasmou tanto, que nem percebeu que já havia chegado na varanda. De olhos fechados, cantou a última palavra da canção, uivando como um lobo solitário numa noite de lua cheia. Depois, abriu os olhos e percebeu estar do lado de fora da casa. Olhou em volta e viu que seu vizinho do lado o observava abismado, ao mesmo tempo, duas adolescentes caminhavam rindo de sua hilária performance. Com o rosto vermelho como um tomate maduro, o gaitista voltou correndo para dentro de casa.

***

A conversa terminou no escritório de Gavin Wilson.

Angus se despediu do empresário dizendo que em breve o contataria. Ao saírem da sala, encontraram Alan debruçado no balcão investindo na secretária. Tina estava viajando na conversa do guitarrista, mas, percebendo que Wilson e Angus surgiram, disfarçou, embaraçada.

— Olá, amigos! — expressou o conquistador de secretárias.

— Então, até logo! — exclamou Wilson para Angus, ignorando Alan completamente.

— Até mais! — respondeu Angus, puxando o amigo pelo braço.

— *Bye!* Nos vemos em breve, gata! — disse Alan à Tina, dando uma piscadinha de olho.

Os dois saíram do escritório e entraram no elevador.

Alan, ansioso, perguntou a Angus:

— E aí, cara! Como foi a conversa?

— Conversa? Não teve conversa...

— Como assim? Não teve conversa?

— Ué, não teve conversa... simples assim.

— Ah, então você foi dar uns pegas no velho? Ficou lá esse tempo todo atracado com ele naquela mesa enorme do escritório? Pare de suspense, cara! Fale logo!

Angus abriu um sorriso e falou entusiasmado:

— Recebemos uma proposta para fechar um contrato e gravar um disco com direção executiva do Wilson.

— Nossa, que notícia maravilhosa!

— Sim! E vamos gravar pela South Records.

— Não vejo a hora de falar isso para o resto da banda!

Gravar um disco, fechar contrato com uma grande gravadora, conquistar fãs, realizar turnês e desfrutar de tudo o que o *show business* pode oferecer.

A grande oportunidade da Beat Blues Band surgiu, o que consequentemente colocou Charles em contato com a realização de seu sonho. Ao avistar um novo horizonte artístico, o quarteto mudaria de fase, entraria numa nova jornada de sucesso e escreveria suas próprias páginas na história do blues.

# 6

SENTANDO EM FRENTE À TEVÊ, Charles destruiu um sanduíche. Seu almoço se resumiu a um hambúrguer com fritas acompanhado de refrigerante. Por um instante, o gaitista se desligou do programa televisivo e pensou novamente em Carol. Lembrou de alguns momentos que passaram juntos e analisou, mais uma vez, as atitudes da amante. Sentiu saudades de beijá-la e de tocá-la. Mas isso não seria possível, pois naquele momento ela estava atendendo a obesos num *fast food* da cidade. De repente, o filme foi trocado na mente de Charles...

Outra figura feminina surgiu — e essa nada tinha a ver com a latina Carol. Seu nome? Angelina — uma antiga paixão do gaitista. Ele lembrou dela ainda adolescente, com seus cabelos vermelhos, seu rosto com sardas e seus olhos amendoados. Charles e Angelina eram vizinhos em Pittsburgh, quando se apaixonaram e viveram um intenso romance. Jogado no sofá, Charles começou a se lembrar das tardes que passou ao lado de sua anjinha, como gostava de chamá-la. Recordou das vezes que cantou com ela as canções de suas bandas preferidas. Ele, no violão; ela, no vocal. Aliás, enquanto narro isso, seguro nas mãos outra fotografia. A figura mostra Charles e Angelina, ambos com dezesseis anos, sentados num banco de madeira na varanda da casa da família da moça. Os dois exibem um largo sorriso. Ele segura um violão; ela levanta Mick, seu gatinho peludo. Um belo momento de felicidade. Charles lembrava com duplo carinho daquela fase, pois foi na mesma época que ele se encantou pelas raízes do blues e que começou a tocar gaita. Inclusive, foi naquele período que Angelina deu a ele de aniversário um disco que mudou sua vida: Vintage Mud, de Muddy Waters.

Tomado pela saudade, Charles percebeu um pulsar forte e tremeu ao perceber seu espírito afirmar: "Ela foi o seu grande amor.", "Onde será que ela está agora?", "Será que se casou?", "Será que teve filhos?". Ele passou por essas questões até que os pensamentos foram interrompidos por um som de buzina surgido da rua. Em seguida, uma voz familiar expressou: "Charlito! Isso não é hora de dormir!". Já sabendo de quem se tratava, ele foi até a porta da frente e se deparou com os companheiros de banda no carro de Angus.

— Ei, inútil! Venha, vamos dar uma volta de Cadillac! — disse Alan.

— Vocês não têm o que fazer? — perguntou Charles, enquanto caminhava em direção ao conversível branco de Angus.

— Se você soubesse o motivo de estarmos aqui, já estaria dentro do carro. Vamos, volte lá dentro e se ajeite logo — ordenou Sam.

Charles entrou em casa, calçou as botas, saiu e atravessou o portão. Angus estava na direção do carro; Alan na carona com um cigarro nos dedos; e Sam no banco de trás, batucando no ritmo de uma balada que tocava no rádio do carro. Charles deu um salto para entrar no veículo e Angus acelerou o possante. Já com o Cadillac em movimento, o gaitista perguntou:

— Desembuchem logo, seus bastardos! Quero saber o que tanto vocês querem falar comigo.

Os três ficaram em silêncio — tinham combinado de deixar Charles curioso.

— Ei, não vão me dizer nada?

— Então, é que aconteceu uma coisa bem legal… o Wil... — disse Alan.

— Não estrague a surpresa, maldito tagarela! — interrompeu Angus, dando um tapa com a mão direita na nuca de Alan.

Os músicos seguiram em direção à lanchonete em que Carol trabalhava.

Quando estacionaram em frente ao *fast food,* Charles estava mais curioso do que quando saiu de casa.

Os quatro desceram do carro, caminharam em direção à porta, entraram, seguiram para o fundo do salão e se acomodaram nas últimas mesas do lado direito. Disfarçadamente, Charles observou o ambiente para ver se avistava a namorada, mas ela estava conferindo pedidos na cozinha. Outra garçonete se aproximou e perguntou:

— O que os bonitões vão pedir?

Antes que alguém pudesse dizer algo, Charles solicitou:

— Se não for incômodo, poderia pedir à Carol para nos atender?

— Ah... sim… claro. Querem uma massagem e um banho quente também? — respondeu a moça em tom de deboche.

Os amigos riram e se direcionaram para Charles:

— Ah, então quer ver a namoradinha, é?

— Não adianta, Charles, vamos ter que pagar assim mesmo... nada de comida de graça!

— E não tente, ela não vai te beijar no horário de trabalho.

Charles avistou Carol se aproximando.

— Olá, meninos! O que os trazem aqui?

— Bom, nós três viemos almoçar, mas acho que ele veio te ver — disse Alan, apontando para Charles, que ficou sem jeito.

Carol, entrando na brincadeira, mordeu os lábios e lançou:

— Mais tarde, amor! Estou trabalhando agora!

Após pedirem sanduíches, Angus, Alan e Sam resolveram revelar o assunto a Charles, não antes de fazerem mais piadas.

— Se vocês não me disserem nada, vou embora agora — disse o gaitista com um ar de seriedade enquanto se levantava da cadeira.

— Fique calmo, gatinho! Então, queremos dizer que fomos convidados para gravar um disco pela South Records. Gavin Wilson gostou muito do nosso som e afirmou que temos potencial para agradar ao público do blues. Disse que há mercado para caras como nós. Ele pensa em turnês lucrativas e quer ficar responsável pela direção e produção artística da banda. Trouxe vocês aqui para discutirmos sobre isso. Até porque ele já deixou uma reunião agendada.

# 7

"Junte quatro bons elementos numa banda... bons em técnica, com *feeling*, de boa aparência... se esses quatro músicos também tiverem energia e desejo de alcançar o sucesso – bingo! –, temos a receita perfeita. Estamos com um excelente produto em mãos.", afirmou Wilson por telefone a um executivo da South Records.

Em relação à estética sonora, a Beat Blues Band era inclinada ao blues-rock. Assim como Cream, The Rolling Stones e Creedence Clearwater Revival, bebia de fontes como Elmore James, Howlin' Wolf e Muddy Waters, mesclando isso ao som dos tempos modernos e dando ênfase ao som da guitarra. Isso chamou a atenção do midas da música, que pressentiu que teria resultados consideráveis se fizesse a música da banda chegar ao nicho apreciador do estilo.

Wilson começou marcando uma reunião com todos os membros do quarteto. Precisava fechar os trâmites contratuais e dizer o que seria feito dali em diante. Apesar dos pontos positivos, o empresário sabia estar apostando num estilo adormecido e ofuscado pela difusão do *dancing* e da *new wave*. Lançar uma nova banda de blues naquela fase era arriscado, mas Gavin Wilson sabia bem como fazer uma banda chegar às paradas de sucesso. Com a Beat não seria diferente. A partir do primeiro disco, o grupo começaria a desfrutar de relativa fama, influência e prestígio, garantindo um pedaço do bolo chamado *show business*. Essa mudança até inspiraria uma música de sucesso composta por Angus e Alan:

Somos da Cidade Enfumaçada
Tocamos sentados em frente à fábrica, meu bem
Até que alguém nos viu e nos levou para a Times Square
Fomos para Nova Iorque fazer dinheiro na Broadway
Sim, fazer dinheiro na Broadway

Vale lembrar como a relação de Charles com a banda começou...

Certo dia, num dos raros momentos em que estava sem sua moto, Alan passou a pé pelo beco em que o gaitista costumava tocar e ficou fascinado com tamanha destreza e inspiração. Até aquele dia, a Beat Blues Band era apenas um bom trio, mas no momento em que Alan ouviu Charles tocar, percebeu que o som da banda poderia ficar ainda melhor. Era um timbre único e visceral de harmônica que o fez imediatamente lembrar da Cactus, o quarteto visceral com Randy Pratt na gaita. "Esse cara pode ser nosso Pratt!", pensou.

Alan ficou em silêncio por alguns instantes ouvindo o gaitista solar com maestria. Depois retirou o violão e executou uma base em sol maior. Quando Charles entrosou a harmônica ao som do violão, o blues soou lindamente. Logo, um grupo de curiosos havia cercado a dupla. Os arpejos e *bends* arrancaram suspiros e aplausos dos ouvintes. Alan saudou a multidão, virou-se para o gaitista e se apresentou:

— Muito prazer! Meu nome é Alan... Alan Smith.

— Prazer! Meu nome é Charles... Charles Lockwood.

— Cara, gostei muito do seu som. Você acompanha alguma banda?

— Não, atualmente. Costumo tocar sozinho. A rua tem sido o meu palco!

— Bem, eu faço parte de um trio de blues. Gostaria muito de te apresentar aos meus companheiros. Estou indo para o ensaio agora. Quer ir comigo até o estúdio?

O gaitista aceitou o convite, recolheu suas coisas e caminhou ao lado do guitarrista.

Naquela noite, Charles assistiu ao ensaio da Beat e foi convidado para uma *jam*. A banda percebeu estar diante de um quarto elemento perfeito, que, certamente, elevaria o nível de seu som. Após a *jam*, numa sala ao lado, Angus, Sam e Alan discutiram a respeito de integrar Charles à Beat e os três concordaram. Eles fizeram o convite ao gaitista e ele prontamente aceitou. Foi assim que Charles, o neto de José, o nordestino, filho da imigrante Laura, entrou para a Beat Blues Band.

***

Sábado seria um dia de apresentação do quarteto no Barrel, outro bar badalado da cidade. Essa apresentação de fim de semana teria um público maior se não fosse um conflito de horário com outra atração numa casa de shows famosa, a Limelight. Ninguém menos do que John's Wood tocaria na cidade.

John's Wood era um grande cantor e gaitista de blues que Charles tanto admirava e que até mesmo copiava desde quando começou a tocar gaita. Assim como seus amigos de banda, Charles ficou com muita vontade de assistir à apresentação de Wood, mas, como teriam compromisso no Barrel, seria quase impossível comparecer. Isso, claro, se não fosse a intervenção de Gavin Wilson, que, para fazer uma média com o quarteto, prometeu apresentá-los ao grande deus do blues.

— Uau, isso é ótimo! — disse Charles, ao ouvir a boa nova. — Cara, esse velho é um dos responsáveis por eu virar um gaitista. Temos que dar um jeito de ir ao show.

— Mas a nossa apresentação é no mesmo horário — relembrou Sam.

— Podemos ir depois que terminarmos — animou-se Alan.

Eles concordaram, mantiveram a *gig* e, quando apresentação finalmente acabou, seguiram para a Limelight. Ao chegarem, porém, o concerto já havia acabado, e o astro do blues já tinha ido embora. Então os quatro ficaram parados em frente à porta de entrada com cara de fim de baile e lamentando a perda. Alguns minutos se passaram e Gavin Wilson surgiu falando em tom autoconfiante:

— Ei, rapazes! Vamos conhecer o velho John's! Acabei de ser convidado por ele para tomar uma bebida e vocês vão comigo. Falei muito bem de vocês para ele. Disse que o apresentaria ao melhor quarteto de blues da Cidade Enfumaçada. Então, vamos ficar aqui parados ou vamos nos encontrar com o grande astro?

O empresário entrou em seu imponente carro vermelho, os rapazes se acomodaram no conversível branco de Angus e todos seguiram em direção ao hotel onde John's Wood estava hospedado. Depois de estacionarem em frente ao edifício, entraram e foram até a recepção.

— Boa noite! O senhor John's Wood está nos esperando.

— Boa noite! Um momento, vou avisá-lo que estão aqui.

Não demorou para que a voz inconfundível de Wood soasse do fundo do salão:

— Olá, senhores!

O velho surgiu caminhando ao lado de uma bela negra e de um segurança do tipo armário. Charles ficou bastante emocionado ao avistar o ídolo, mas disfarçou. A vida de Charles havia mudado musicalmente ao conhecer o trabalho de John's — e agora ele estava ali, em frente à sua maior inspiração musical.

— Mr. Wood, que bom estar com você novamente! — disse Wilson, entusiasmado. — Deixe-me apresentar a você um dos maiores grupos de blues da América. Aqui estão Angus, Alan, Sam e Charles... Essa é a Beat Blues Band.

— É um prazer conhecer vocês, rapazes — disse Wood.

— Imagine! O prazer é nosso! Que honra apertar a mão do grande John's Wood — respondeu Angus em nome do grupo.

— Bem, não viemos aqui para ficar em pé no saguão. Peço aos senhores que me acompanhem até o quarto, pois o ilustre Jack Daniel's nos espera!

Todos caminharam em direção ao elevador.

# 8

Ao chegarem no quarto, John's Wood disse às visitas: "Fiquem à vontade! Comam e bebam o que quiserem!". Os convidados avistaram uma mesa farta de iguarias e vários tipos de bebidas, incluindo um champanhe no gelo. Em cima da cama, estava algo que chamou a atenção de Charles: as harmônicas do velho Wood.

O rei do blues levou os convidados a outro cômodo, onde havia uma mesa e cadeiras. Todos se acomodaram e Wood solicitou à mulher que o acompanhava: "Querida, por favor, traga o ilustre companheiro." Ela foi até o quarto e retornou com uma garrafa de Jack Daniel's e copos *on the rocks* na bandeja.

— Então quer dizer que os senhores tocam blues? Wilson falou muito bem de vocês. Disse que são atualmente a melhor banda que ele já ouviu.

— Não é para tanto! — respondeu Alan.

— Parem de modéstia! Vocês formam a melhor banda no blues da cena atual. E olha que eu conheço bem o mercado — afirmou Gavin Wilson.

A conversa se desenrolou e os membros da Beat contaram um pouco de seus planos e da proposta do som da banda. "Somos ecléticos em relação ao blues. Passeamos por várias escolas. Gostamos bastante de improvisações e sessões de *jam*, com espaço para os *riffs* de guitarra e gaita. Nossas novas composições têm sido geralmente executadas em tempo alto, um pouco diferente do blues tradicional".

John's Wood achou tudo muito interessante e compartilhou um pouco de sua vasta experiência com a música, dando, inclusive, explicações técnicas e estilísticas. Em determinado momento, quando já tinha ideia de quais instrumentos cada um tocava na Beat Blues Band, resolveu fazer um convite ao jovem Charles:

— Então, garoto, mostre-me o que sabe fazer!

— O quê? — questionou o gaitista, encabulado.

— Dê-nos o prazer de ouvir você tocando sua gaita.

Charles então tirou sua harmônica do bolso, respirou fundo e, sem jeito, executou um *bend*. Wood primeiro olhou como se estivesse analisando a capacidade musical do gaitista e, depois, fechou os olhos para viajar com a melodia. "Sinta isso, querida!", disse ele enquanto levantava e segurava as mãos da bela negra. Os dois se abraçaram e dançaram ao som daquele blues. Em seguida, Wood sussurrou algo e ela imediatamente foi até o quarto e retornou com gaitas na mão. Então, o deus do blues pegou uma harmônica e também começou a tocar. Charles, ao perceber o segundo som, abriu os olhos e segurou o *riff*. Então, um dueto entre o fã talentoso e seu ídolo famoso fluiu.

A noite seguiu com mais conversas e boas doses de uísque. John's Wood contou histórias relacionadas e tocou canções clássicas, passeando por épocas, estilos e roupagens. Citou uma das mais famosas e cativantes histórias sobre a origem do blues: "Não dá para falar de blues sem lembrar de W.C. Handy. Ele é o pai do blues... não há como negar. O negro nasceu lá no Alabama, estado colado ao Mississipi. Era filho de escravos e trabalhou em diversas fazendas da região. Foi numa dessas fazendas que teve contato com os cantos entoados pelos trabalhadores nas plantações. Aquele ar despertou o interesse do sujeito pela música e, mesmo crescendo em uma casa onde era proibido ter instrumentos — veja que coisa — está escrito que Handy gastava horas praticando violão e trombeta escondido em locais da fazenda. Não demorou muito para que o talento do negro aflorasse e contagiasse todos em sua volta. E não é que, anos mais tarde, Handy se tornou professor de música no Alabama? É, mas logo deixou a profissão para formar sua primeira banda, lá nas terras de Clarksdale. A banda se chamava 'Knights of Pythius Orchestra'. Sabe por quê? Para fazer referência à história da mitologia grega de Damão e Pítias – o mito que simboliza lealdade, confiança e amizade verdadeira".

Os convidados se envolveram com a narrativa e Wood continuou: "Em uma de suas viagens, Handy ouviu um músico em uma estação de trem... o homem tocava seu violão de uma forma diferente. Ele usava uma faca! Uma faca, acreditem! E com ela pressionava as cordas e produzia sons metálicos... deslizava a lâmina numa progressão de três acordes (nesse momento, Alan arregalou os olhos). Conta-se que a canção que o homem tocava descontraiu a viagem de trem, alegrando e entretendo os passageiros, principalmente Handy. O pai do blues mais tarde viria a incorporar a estrutura sonora de 12 compassos daquela canção às escalas do blues. Os vocais eram colocados em quatro compassos, que eram repetidos e, logo após, recebiam a resposta de uma terceira linha de vozes. Essa técnica, vocês sabem bem, é a *'call and response'*. Foi Handy – guardem bem isso – que adicionou a estrutura lírica às composições, formando a estrutura do blues que vocês conhecem hoje. Para fechar a história, ao se mudar para Memphis, no Tennessee, Handy foi convidado para compor uma melodia para a campanha eleitoral do prefeito Mr. Crump. Ele depois chamou essa canção de 'Memphis Blues'. Essa foi a primeira canção de blues conhecida publicada em folhas com partituras. Handy continuou como líder de sua banda e manteve o trabalho, dando mais e mais contribuições que formaram um grande legado no mundo da música. Por isso, garotos, Handy é o pai do blues! É o pai do blues! Ah, se é! Agora vamos beber e tocar mais um pouco!" — completou Wood, cantando em seguida:

Pessoal, acabei de visitar a cidade de Memphis
Onde as pessoas sorriem, sorriem para você o tempo todo
Hospitalidade, eles foram legais comigo
Eu não podia gastar um centavo e me diverti muito

Eu saí pra dançar com uma pessoa adorável de Tennessee
Lá tinha um cara chamado Handy que tem uma banda que vocês deveriam ouvir
E enquanto todos bailavam suavemente, todo o pessoal da banda tocava em total harmonia
Jamais esquecerei a música que Handy chamou de Memphis Blues
Oh sim, aquele Blues

Eles têm um violinista lá que está sempre alisando o cabelo
E gente, ele sem dúvida toca muito bem
E quando o som do grande fagote chega para reforçar os trombones
Ele sussurra como um pecador no Dia do Reavivamento, no Dia do Reavivamento

Oh, aquela melodia com certeza me atraiu
A melodia se parecia com o leve som de um riacho de montanha
Então ela morreu lentamente, com um leve suspiro
Suave como o som da brisa no alto dos pinheiros no verão

Ouça-me pessoal, ouça-me pessoal, ouça minha oração
Vou ter que fazer um milhão de aulas até eu aprender a tocar
Porque parece que ainda estou escutando, simplesmente
não consigo esquecer
Aquele refrão do blues

Não há nada como a banda do Handy que tocou o
Memphis Blues de forma tão grandiosa
Oh, toque o Blues
Aquela melodia melancólica, aquele refrão que não para de me perseguir
É como uma velha e doce canção triste
Aí vem a parte que envolve meu coração com um feitiço
Que me deixa louco pra escutar aquela linda melodia novamente
O Memphis Blues

# 9

No dia seguinte, Charles acordou com som dos gritos das crianças brincando no terreno ao lado. A primeira coisa que lhe veio à mente foram as lembranças das últimas horas. "Cara, será que foi um sonho?", disse em voz alta, ao lembrar do dueto com o deus do blues. Como não via a hora de compartilhar aquilo, resolveu pegar um táxi e visitar a mãe. Comeu algo rapidamente, ajeitou-se e saiu.

Cerca de meia hora depois, chegou exibindo um sorriso de orelha a orelha. Laura preparava o almoço na cozinha, enquanto Julie e o noivo conversavam sentados na sala. Charles surgiu na porta de trás e, vendo a mãe entretida nas tarefas culinárias, disse baixinho: "Olá!". Laura virou-se rapidamente e festejou ao ver o filho, que invadiu o cômodo e abraçou a mãe. Julie, ao ouvir o som que vinha da cozinha e reconhecer a voz familiar, comentou com o noivo: "Acho que é o meu irmão!". E correu para abraçá-lo. "Chad! Que surpresa!". Os dois festejaram e colocaram a conversa em dia.

— Preciso contar uma coisa para vocês. Tenho algumas novidades!

— Finalmente vai se casar? Até que enfim!

— Não, ainda não é casamento.

— Diga logo, meu filho... estou ficando ansiosa.

— Vou gravar um disco com a Beat Blues Band... pela South Records!

Julie largou os talheres em cima da mesa, soltou um gritinho de alegria e pulou no colo de Charles.

— Que máximo, Chad! Estou muito feliz por você!

— Parabéns, meu filho! Você merece! — comemorou Laura.

Charles então começou a contar detalhes da proposta de Gavin Wilson e de como o empresário se interessou pelo som da banda. Enquanto descrevia os detalhes, Julie abraçou o noivo e Laura voltou a manusear o frango.

— Ah, e vocês nem imaginam o que mais aconteceu...

— Ué, tem mais? Vamos, Charles, conte logo!

— Ontem conheci e toquei com o meu maior ídolo…

Naquele instante, Laura sentiu o corpo gelar dos pés à cabeça.

Charles continuou:

— Ninguém menos que... John's Wood.

Ao ouvir o nome, o choque foi maior em Laura, que deixou a tigela de vidro com azeite cair. Os filhos correram em direção à pia e seguraram a mãe.

— O que houve, mãe?

— A senhora está bem, mamãe?

— Nada… não foi nada demais... foi só uma tontura.

— Tem certeza, mamãe?

— Tenho… foi só uma tontura boba… não se preocupem.

Julie começou a limpar a sujeira e Charles disse à mãe:

— Se precisar, eu termino o almoço.

— Não precisa, meu filho, eu já disse que estou bem.

Na mesa, Julie fez perguntas sobre as novidades e Charles descreveu mais detalhes sobre o contrato e o encontro com John's Wood. Laura permaneceu em silêncio durante todo o momento da refeição.

Depois do almoço, Charles e Julie conversaram sobre coisas aleatórias: estudos, futebol, política... À tarde, jogaram baralho e se divertiram vendo fotos antigas da família. "Veja, essa é a vovó ainda jovem lá no Brasil", disse Julie, segurando uma fotografia. "E nessa aqui estão vovó, vovô e suas três filhas. Foi um pouco antes de virem para os EUA", disse Charles enquanto segurava outra foto. Os dois partilharam com o noivo de Julie coisas que aprenderam sobre a cultura brasileira. "Sabia, amor, que existe um prato típico brasileiro chamado 'baião de dois'?". "Sim, baião é, inclusive, o mesmo nome de um ritmo musical", explicou Charles. "É... no caso do baião de dois" — continuou Julia — "o prato é feito com arroz e feijão, de preferência o feijão verde, com carne e outros ingredientes. Adiciona-se o queijo também. Lá no sertão da região do Nordeste, no Brasil, de onde mamãe veio, esse prato é bastante apreciado...". Os três se entreteram com aquelas curiosidades enquanto Laura se manteve distante tentando disfarçar a tensão.

À tarde, Charles se despediu e retornou para casa. Ainda no táxi, lembrou da cena na cozinha. "O que será que deu na mamãe?", pensou. Mil coisas vieram a sua mente. "Mamãe precisa parar de fumar... precisa ir mais ao médico...

precisa sair mais para se divertir." No rádio do carro, começou a tocar uma música que chamou a atenção de Charles:

*Estou indo por uma estrada, tenho minha mala ao meu lado*
*Céus azuis pairando sobre minha cabeça, eu tenho quinhentas milhas para viajar pela frente*
*Estou indo para a cidade de Memphis para fazer um show no tardar da noite*
*Espero que as pessoas estejam prontas lá porque os garotos estão todos pronto para tocar*

*Bem, eu sou um Uísque Rock-a-Roller, é o que eu sou*
*Mulheres, uísque e quilômetros de viagem são tudo que eu entendo*

Por algum motivo, a música despertou em Charles a vontade de tomar alguma coisa. "Pode me deixar aqui mesmo, amigo!", disse ele ao motorista, após avistar um bar conhecido da cidade. O carro parou, ele pagou a corrida, desceu, atravessou a avenida, entrou no bar, aproximou-se do balcão e pediu um *blended bourbon.* Já com um copo em mãos, desenterrou uma moeda dos bolsos, foi até ao *jukebox* e selecionou a canção que o levou até ali.

*Às vezes me pergunto aonde vamos*
*Senhor, não me tire meu uísque e rock'n'roll*

*Leve-me até a cidade de Memphis, motorista, me leve até lá*
*Eu tenho uma gata, ela tem cabelos negros encaracolados*
*Ela gosta de beber uísque Old Grandad e seus sapatos de fato se arrastam e sacodem*
*E toda vez que eu vejo essa garota, Senhor, ela quer me pegar de jeito*

# 10

Chegamos ao ponto da história em que é preciso destacar outro fato interessante da vida do gaitista...

Para Charles, liberdade significava o direito de agir de acordo com sua própria vontade e de seguir para onde quisesse. Com isso, podemos identificar mais facilmente o motivo de ele ter se apaixonado por motocicletas. Existe o fato de o guitarrista da Beat ter exercido influência quanto a isso. Quando se conheceram, Alan já era dono de duas máquinas e tinha o *hobby* de mexer em motores. Após um tempo de amizade, ele incentivou Charles a comprar sua primeira moto, uma Harley Davidson - Modelo Softail. Passou a ser comum pilotarem de uma cidade a outra para cumprir agendas de shows. Carol adorava viajar pelas estradas na garupa do namorado, e Alan sempre carregava garotas diferentes nas caronas de suas Harleys. Mulheres, blues-rock e cilindradas formavam uma receita perfeita para um estilo de vida. Em dias de folga, os membros da Beat também faziam festas regadas a churrasco e cerveja. Sabiam se divertir tanto em velocidade, sobre duas rodas; quanto parados, com os pés no chão. Aliás, para espanto e alegria dos amigos, o gaitista pegou gosto pela bebida após completar vinte e cinco anos.

Charles era um homem simples e apegado a costumes. Não era difícil imaginar seu futuro como um velho caseiro dedicado ao cultivo de girassóis e à criação de frangos numa locação com grande quintal. O gaitista era uma espécie de beato com um lado bárbaro quase ofuscado. Em seu caráter, certo conservadorismo e uma profunda selvageria estavam tão entrelaçados quanto fios de cabelo em uma trança. Aliás, ele defendia que manter certas tradições era um jeito peculiar de ser rebelde. Charles era capaz de fazer orações enquanto tomava a quinta ou sexta dose de uísque.

A mudança profissional do gaitista também afetou sua vida financeira. Antes a grana era escassa, contada centavo por centavo e, às vezes, nem sobrava para o táxi. Com um novo padrão social, ele decidiu se mudar da pequena casa alugada no subúrbio de Pittsburgh para um imóvel mais nobre em outro bairro. Sem contar que, por conta da agenda da banda, fez de Nova Iorque sua segunda casa. Chegou a alugar um apartamento na cidade para ter onde ficar quando tivesse que cumprir compromissos por lá. Foi nessa época que Carol começou a praticamente morar com ele.

Falando em sucesso artístico, os quatro Beat Blues Band começaram a ser convidados individualmente para tocar com ícones da música pop americana. Charles chegou a gravar um *single* com a cantora Cindy Lauper. A balada virou *hit* e a linha melódica introdutória da canção, executada por ele, ficou na memória de muitos americanos. Ele passou a ser requisitado por outros grandes produtores e intérpretes, chegando a fazer um dueto com Stevie Wonder. Também participou, com os companheiros de banda, de um tributo a Robert Johnson, no Mississipi e, posteriormente, de um show em homenagem póstuma a Stevie Ray Vaughan, no Texas.

É impossível falar de blues sem esbarrar na gaita, afinal, mesmo sendo usada em diversos gêneros musicais, ela se transformou em patrimônio do estilo. Isso aconteceu por causa de razões práticas e econômicas. Pense num tocador de blues do passado. Negro, discriminado, sem dinheiro – viajando a pé ou de trem, clandestinamente, de uma cidade para outra. Como a gaita costumava ser mais barata que um violão, era bem mais fácil obtê--la. E, para facilitar a vida de quem não podia ter muita bagagem porque precisava estar sempre fugindo. As gaitas foram para os EUA há mais de cem anos, sendo largamente distribuídas, justamente por serem baratas, pequenas e fáceis de tocar. Bem, mesmo que tenha sido popularizada por causa do preço ou da praticidade, é fato que, no blues, ela passou a ser um instrumento principal.

Muito da popularização da gaita se deve a Sonny Boy Williamson, de quem Charles também era fã. Foi ele quem praticamente inventou o jeito de tocar gaita no blues, colocando o instrumento em primeiro plano e inaugurando um estilo que faz da harmônica um segundo vocalista — da mesma forma que Robert Johnson e B.B. King faziam, respectivamente, com o violão e a guitarra. As canções lentas e arrastadas ganharam mais corpo com a gaita a partir daí e permitiram que ela passeasse solta na música, entrando e saindo entre estrofes ou no meio dos versos — sempre de uma forma diferente, mas acompanhando o ritmo e potencializando o sentimento do vocal. Sonny Boy Williamson usava a língua, os lábios e até mesmo a respiração para expandir o som da gaita. E isso foi passado como tradição para outros gaitistas que vieram após ele, como John's Wood e Charles Lockwood.

Quando a primavera daquele ano chegou, o primeiro disco da Beat Blues Band foi gravado e lançado, as primeiras viagens da banda foram feitas e o sucesso só aumentou. A Beat tocou em diversos grandes festivais, abrindo apresentações para outros artistas e também realizando seus próprios shows. Tempos depois, já tinham muitos fãs e frequentemente recebiam elogios da crítica.

# 11

Angelina chegou a uma loja com a intenção de procurar um presente para seu atual namorado, que, dali a dois dias, completaria trinta e dois anos. Enquanto procurava algo que pudesse lhe agradar, resolveu olhar alguns discos na prateleira do setor de música. Com o toca-discos ligado, apreciando um som de blues que fluía dos alto-falantes, o jovem do balcão perguntou à Angelina:

— Olá! Bom dia! A senhora gostaria de alguma sugestão?

— Estou apenas considerando opções... Ainda não sei exatamente o que comprar para o meu namorado.

— Seu namorado gosta de blues?

— Bem, ele é eclético. Aprecia vários estilos.

— Tem uma banda que está vendendo muito. Na sexta, chegaram algumas caixas com último disco dela e hoje só tem alguns. Eles estão fazendo a cabeça da galera! É a Beat Blues Band...

— Beat Blues Band? Nunca ouvi falar!

— Ouça com seus próprios ouvidos! — expressou o rapaz, sorrindo, enquanto aumentava consideravelmente o volume do toca-discos.

Angelina se atentou, e dos alto falantes surgiu:

*Baby, baby, meu corpo estremece quando te vê.*
*Garota, você me deixa mais doido que álcool*
*Deixa eu pegar na sua cintura para dançar ao som de Waters*
*Muddy Waters*

Com as mãos trêmulas, Angelina agarrou a capa do disco, que estava em cima do balcão, e observou a formação da banda: Angus Miller, Alan Smith, Sam Adams e Charles Lockwood.

— Não pode ser! — expressou boquiaberta.

— Sim, é muito bom! Estou ouvindo há duas horas — disse o balconista.

— Não, não é isso... É que ele está aqui... — disse Angelina, apontando para a capa do LP.

O rapaz ficou sem entender e ela tentou explicar:

— Eu conheço ele… o Chad! E essa canção que está tocando… bem, deixa para lá. Então, eu gostei, vou levar o disco!

O vendedor sorriu e fechou a conta. Angelina saiu da loja e até esqueceu do presente do namorado (o disco seria dela). Caminhando pela calçada movimentada, ela lembrou-se da fala de Charles, numa tarde, em Pittsburgh: “Um dia tocarei essa canção para milhares de pessoas. Elas não vão saber, mas eu fiz para você, minha anjinha!”. A moça não imaginava naquele momento que a Beat em breve tocaria a poucos quilômetros de sua casa.

***

Meses depois, a banda chegava em Memphis, Tennessee, para mais um concerto. Charles, como de costume, estava com Carol na garupa; e Alan agora trazia sua namorada oficial, Tina. Os quatro viajaram de moto, enquanto o restante da banda foi de ônibus fretado. Ao chegarem, os músicos teriam algumas horas até a passagem de som. Todos resolvem dar um passeio pela cidade do blues, exceto Carol, que decidiu ficar no hotel para descansar.

— Essa cidade exala blues, cara! — disse Charles, enquanto caminhava ao lado dos amigos. — Foi aqui que muita coisa começou. E olha que louco, as *jug bands* usavam instrumentos artesanais em suas apresentações... Gaitas, violinos, bandolins, banjos e violões... A percussão de apoio e os sopros eram tocados com objetos inusitados... tábuas de lavar roupa, *kazoo*, guimbarde e as jarras, que faziam o som do baixo. Após a Segunda Grande Guerra, os negros deixaram o Mississippi e foram para as cidades. Alguns entraram na cena do blues de Memphis e mudaram para sempre o som dessa região.

Depois de mais conversas sobre o som de Memphis, Charles e Sam se afastaram do grupo e entraram numa livraria. Sam parou na seção de música e Charles seguiu adiante para seção de ficção. O gaitista gostava de ler sobre vários assuntos, mas era fascinado por ficção, especialmente romances dramáticos. Ao virar o corredor, ele se deparou com algo que chamou sua atenção: um cartaz pendurado na parede, estampado com a foto de uma obra literária, intitulada: "A Alma Muda", sob o slogan: "O best-seller do ano – de Angelina Swan!".

Charles parou por alguns minutos diante do anúncio e observou a foto que estampava o cartaz. Era ela, a "anjinha". Então ele foi imediatamente ao balcão perguntar se ainda havia exemplares disponíveis daquele livro, pois não encontrou nenhum nas prateleiras. Ao chegar ao caixa, perguntou:

— Vocês ainda têm algum exemplar de “A Alma Muda”?

— Deixe-me verificar aqui! — disse a atendente — Eu tenho três exemplares. Dois estão reservados e o outro, para sua sorte, está disponível.

— Preciso de apenas um mesmo.

— Não vai escolher outro? Já conhece os outros livros da mesma autora?

— Não... Ela tem outros livros?

— Sim, mas não tão famosos quanto este... o best-seller dela.

— Ah, quero ver então.

— Claro! Por gentileza, pode vir por aqui.

No caminho até a prateleira, a atendente começou a contar:

— Angelina Swan é aqui da cidade, sabia? Ela tem se tornado uma autora regional bastante reconhecida. Seus livros vendem bem aqui na loja. Inclusive, ela fez o lançamento aqui, na semana passada. É um amor de pessoa!

Charles ficou surpreso ao saber que estava a uma distância pequena de sua antiga paixão.

Por impulso, comprou os três títulos lançados por Angelina. Ainda na livraria, pôde reconhecer histórias criadas por ela — algumas que foram enviadas para ele por cartas, na época em que ainda mantinham contato. Ao saírem, o gaitista contou a Sam um pouco de sua história com a autora e revelou a coincidência.

— Caramba! Que História! — expressou Sam.

— Pois é... Por essa eu não esperava! — completou Charles.

Fora da loja, depois que foram reconhecidos por alguns jovens, que pediram autógrafos, os dois voltaram para o hotel.

Ao chegar ao quarto, Charles percebeu que Carol dormia e decidiu folhear os livros. E, quando a namorada despertou, deparou-se com ele concentrado na leitura. Ela desceu da cama na ponta dos pés, caminhou em direção à poltrona e, antes de dizer algo, observou o livro. A página exibia um trecho de um texto cujo estilo, não sabia ela, lembrava um pouco o de C. S. Lewis, em "As Crônicas de Nárnia": "Então, Alicia levantou-se e tocou o instrumento mágico. Uma luz azul forte surgiu em sua frente. De repente, ela ouviu uma voz forte e poderosa parecendo vir do céu: Alicia, você foi escolhida!".

— Lendo historinhas para dormir, meu amor?

— Ah, oh, sim! Apenas me distraindo um pouco — disfarçou Charles.

Carol pegou o exemplar nas mãos e leu o nome da autora:

— Angelina Swan... Nunca ouvi falar.

— Sim, pelo que eu entendi, ela começou a ser reconhecida como escritora há pouco tempo.

— Depois que você terminar de ler, pode me emprestar? Não sou muito de leitura, mas acho que vou fazer um esforço.

— Sim, claro, empresto. Sabia que eu a conheço?

— Quem? A autora do livro?

— Sim, a Angelina Swan... Eu a conheço há muito tempo.

— Nossa! De onde você a conhece?

— Fomos vizinhos na infância... E, acredite, ela mora aqui em Memphis.

— Que coincidência, né, grandão? Será que ela sabe que você está por aqui?

— Acho pouco provável. Talvez ela nem saiba sobre a banda...

Charles não sabia, mas o destino havia reservado mais surpresas para ele naquele mesmo dia. Como havia muitos cartazes espalhados pela cidade, e as rádios não paravam de anunciar, Angelina ficou sabendo que a banda de Charles tocaria no Memphis Blues Festival. Sem dizer nada a ninguém, ela saiu com o objetivo de garantir sua entrada no concerto.

— Você está com sorte.... Pegou um dos últimos ingressos para esse show! — disse o cambista.

# 12

No blues, os grandes festivais são como cultos aos deuses da música, que empunham seus instrumentos mágicos. Não falo de tacapes vikings, espadas árabes ou adagas egípcias; não são cajados hebreus, lanças gregas ou braços hindus. Falo de guitarras, gaitas, contrabaixos, pianos, baterias e outros instrumentos usados na cerimônia. Diante dos palcos, multidões de fiéis se curvam, e não necessariamente rezam, mas veneram as entidades através de suas danças, cantos e palmas.

A Beat Blues Band subiria ao palco do Memphis Blues Festival para mais uma de suas manifestações religiosas. Os presentes aguardavam ansiosos pelo concerto. No camarim, Angus e Alan tomaram uísque sentados no sofá; Sam, em pé, saboreou uma cerveja; e Charles tomou uma caipirinha, bebida tradicionalmente brasileira, que ele aprendeu a fazer com sua mãe, usando destilado, açúcar, gelo e limão.

Quando já passava das 22h, o show enfim começou. Como de costume, a banda se reuniu num canto da sala e rezou o Pai Nosso — assim, os deuses pediram a Deus que os iluminasse em mais um concerto. Ao saírem do camarim, os quatro rapazes pararam aos pés da escada do palco. Depois, um a um, foram subindo e se posicionando com seus respectivos instrumentos. As luzes já estavam apagadas, a fumaça subiu, o técnico sinalizou e o mestre de cerimônias anunciou: "Senhoras e senhores, com vocês... Beat Blues Band!"

Em meio aos efeitos de luzes, mais fumaça e vibração do público, Alan tocou o *riff* inicial de*"Hoje Nada Me Abala"*; Sam executou uma virada; Angus entrou com a linha de contrabaixo; e, após alguns compassos, Charles iniciou os *bends* que complementavam a canção. *"Hoje eu acordei me sentindo bem. Penso em você, meu bem! Nada é maior do que estar aqui e beijar você. Beijar você!"*.

A Beat seguiu no embalo do blues-rock. A terceira canção era *"Baby, baby!"*, a mesma que Angelina ouviu na loja de discos. Quem a cantava, obviamente, era Angus, o vocalista do quarteto. *"Baby, baby, meu corpo estremece quando te vê. Garota, você me deixa mais doido que álcool. Deixa eu pegar na sua cintura para dançar ao som de Waters. Muddy Waters!"*.

Angelina já estava próxima ao palco, na primeira fileira, algo que não foi tão fácil de conseguir, considerando que era uma posição privilegiada. Além de chegar cedo, ela fez esforço para ultrapassar a multidão e para ver a banda de perto. Durante o show, a moça se concentrou em Charles, seguindo cada movimento e absorvendo cada nota executada por ele. Ao ouvir a canção que foi composta para ela, seu coração acelerou. Angelina tentou ficar quieta, conter-se, mas não conseguiu. No momento em que a dinâmica da música reduziu para o solo de contrabaixo, ela gritou enfaticamente: "Charles! Charles Lockwood!". Concentrado no show, Charles não ouviu. Ela, porém, insistiu e pulou acenando.

O gaitista, já familiarizado com o assédio das fãs, pensou que fosse mais uma menina com os hormônios à flor da pele. Assim, fingiu não ouvir. Angelina insistiu, dessa vez sendo mais enfática e chamando o músico pelo apelido: "Chad! Chad!". Nesse instante, ele olhou em direção à multidão e a reconheceu. Ela sorriu, ele congelou. O momento do solo de gaita chegou, mas Charles permaneceu alguns compassos em silêncio. Sem entender, os membros da banda trocaram olhares, mas improvisaram de modo que o público não percebesse o erro do gaitista.

Angus, ainda tocando, foi em direção a Charles e perguntou:

— O que houve, cara? Está dormindo?

Charles voltou a si, percebendo que havia perdido o tempo, e logo se encontrou num dos compassos. Angus foi em direção ao microfone, cantou as últimas frases da letra e encerrou a canção. Angelina continuou acenando e sorrindo.

Angus interagiu com o público, proferindo algumas palavras no microfone. Todos da banda olharam para Charles quando ele se aproximou de Angus e cochichou:

— Cara, por favor, deixe-me cantar uma música.

Angus olhou para o amigo e pensou que ele estivesse ficando maluco. Apesar de ser um bom cantor, Charles jamais havia cantado em público com a Beat Blues Band.

— Está doido, Charles? O que está rolando?

— Estou falando sério, parceiro... deixe-me cantar uma música... só uma.

— Uhm, está certo, Charles! Mas veja bem o que vai fazer, hein?

— Confie em mim, papai! O filhinho aqui não vai te decepcionar — expressou Charles, piscando os olhos para Angus.

Como não tinham combinado nada de o gaitista assumir o vocal, Angus ficou preocupado, mas, no intuito de não contrariar o amigo, passou o microfone para ele. Charles olhou para o público sem dizer nada por alguns instantes. Os outros companheiros de banda ficaram sem entender. Ele pigarreou e tossiu, limpando a garganta. O silêncio prevaleceu por mais alguns segundos até que ele levou a gaita à boca e começou a executar uma introdução. A banda reconheceu a canção. Era *"I Want To Be Loved #2"*, de Muddy Waters. O gaitista começou à capela:

A faísca em seu olho acende a minha alma
Sua voz é como de um anjo celeste
O toque da sua mão, mulher, me deixa louco
Mas querida, eu quero é ser amado.

A banda entrou e ele continuou:

Enlouqueço com cada coisinha que você faz
Eu valorizo até mesmo o seu abraço
Seus beijos são tão doces, querida, nada os supera
Mas querida, eu quero é ser amado

Charles, que até então, nos shows, só tinha se expressado através das harmônicas, agora surpreendia a todos com seu *drive* de voz vindo da alma. Cantou como se estivesse sentado na antiga varanda da casa, ao lado de Angelina. E, em frente ao palco, lá estava ela, cercada pela multidão, sentindo o peito arder e tendo lágrimas manchando a maquiagem. Era a canção da vida deles. O ambiente agora era apenas dos dois. A nostalgia surgiu, trazendo à tona lembranças antigas. O primeiro beijo... a primeira transa...

Adoro o seu andar quando você passa por mim
Mesmo quando você tenta me esnobar
O toque da sua mão mulher, me deixa louco
Mas querida, eu quero é ser amado

Chegou o momento do solo e o gaitista transcendeu. Os fãs acharam que aquilo se tratava de uma surpresa preparada para eles. Não podiam imaginar que a banda também havia sido surpreendida por Charles. Quem pode provar que não foram os deuses do blues que preparam aquele momento?

Nesse instante, Carol já estava na parte de cima do palco observando atônita a atitude do namorado. Não imaginava que aquilo tudo era por causa de outra mulher, ali, tão próxima. A canção terminou. Com o olhar fixo em Angelina, Charles, ainda tremendo, retomou seu posto. Após a tensão, os outros rapazes da Beat sorriram uns para os outros. Os olhares diziam: "Nós aprovamos isso!". Angus retomou o microfone e expressou:

— Senhoras e senhores, Charles Lockwood... o melhor gaitista da américa!

A multidão aplaudiu intensamente.

O show continuou.

O repertório seguiu com mais baladas dançantes e agitadas e, depois, com canções mais calmas e melancólicas. Quando já estavam na décima oitava música, Carol voltou para o camarim a fim de renovar a dose de uísque e por lá ficou. A banda encerrou com dois clássicos: *Gimme Shelter* e *Have You Ever Seen The Rain.* Antes de sair do palco, Charles se agachou na ponta da plataforma e, apontando discretamente para Angelina, falou aos ouvidos de um dos seguranças: "Por favor, leve aquela moça até o meu camarim". O segurança consentiu balançando a cabeça. Os músicos se despediram do público.

# 13

O SEGURANÇA JÁ HAVIA CONDUZIDO Angelina até a parte de trás do palco. Charles desceu as escadas apreensivo, passou pelos membros da produção e enxergou a amiga parada próxima à porta do camarim. Ambos sorriram e se olharam em silêncio por cinco ou seis segundos. Angelina soltou: "Ei, Chad! Não vai me abraçar?". Sem dizer uma palavra, ele caminhou em direção à moça e a abraçou com intensidade. A equipe de produção trabalhava, os *roadies* corriam de um lado para o outro. No ambiente, ainda dava para sentir o *frenesi* do show.

No camarim, os outros membros da Beat pegavam latas de cerveja gelada do frigobar. Carol conversava com Wilson no canto quando correu os olhos e não encontrou o namorado. Então, pediu licença e saiu à sua procura. Não apenas desejava saber do paradeiro de Charles, como queria descobrir que bicho o havia mordido no palco. "O que o fez tomar o microfone e cantar daquele jeito?", pensou ela. Ao sair do camarim, ela se deparou com Charles concentrado na conversa com Angelina. Observou os dois em silêncio por um tempo e depois se pronunciou:

— Oi, grandão! Pensei que tivesse me abandonado! — disse isso debruçando-se no músico e olhando fixamente para Angelina.

Charles, constrangido, não disse nada.

— Então, não vai me apresentar sua amiga? — continuou Carol.

— Essa é Angelina... A escritora de "A Alma Muda", lembra?

As duas se cumprimentam.

— Charles falou muito bem de você... Disse que vocês foram amigos de infância. Ele já era maravilhoso assim quando garoto?

— Ah, ele sempre foi um cavalheiro... Muito talentoso também.

Charles sugeriu de irem ao camarim para também apresentar a amiga aos colegas. Alan ofereceu bebida à Angelina, mas ela recusou educadamente, já que não consumia álcool. O grupo conversou sobre coisas aleatórias, fizeram piadas e zombaram uns dos outros. Depois, como era inevitável, comentaram sobre a performance de Charles no vocal:

— Charlito deu uma de Mick Jagger hoje. Só faltou a dancinha!

— É mesmo, o que deu em você, hein, gato?

Charles disfarçou e disse olhando para Angelina:

— Bem, às vezes, a gente só precisa seguir a ordem dos deuses do blues... Quem sabe não foi o espírito de Robert Johnson que me empurrou para aquilo?!

— O bom é que, quando eu estiver sem saco para cantar, você assume o vocal e eu fico no camarim tomando umas... Mas o salário continua o mesmo, combinado? — brincou Angus.

Todos riram.

Depois de mais algumas conversas, Angelina decidiu ir, não antes de trocar contato com Charles. “Esse é o número da minha casa. Pode ligar sempre que quiser.”.

Após aquele reencontro, por telefone, a escritora e o gaitista passaram a se falar com certa frequência. As conversas nunca eram sobre a antiga relação, apenas sobre amizade, projetos, arte e outros assuntos aleatórios. Entretanto, no fundo, uma faísca da velha chama da paixão continuava acesa.

# 14

Willie Dixon dizia que, segundo a história bíblica e toda a história do mundo, o blues foi construído no homem desde o início. A primeira coisa que saiu do homem foi o blues, porque, de acordo com as Escrituras, quando Deus fez o homem, ele era solitário e triste. Já ouvi que quanto mais dado à solidão é um homem, mais poderoso ele é. Podem-lhe tirar a vida, mas não podem alterar o seu caráter. Parecia que, no fundo, Charles reconhecia esse poder. Para exprimir seu senso aguçado de liberdade, passou a pilotar mais tempo sozinho. Não que ele não gostasse de viajar em dupla, como fazia com Alan nas jornadas de shows, ou que desprezasse a companhia de Carol, ele simplesmente percebeu o quão livre e completo se sentia ao viajar de uma ponta à outra acompanhado apenas de seus próprios pensamentos. Isso era, também, uma forma de descansar após os prazerosos, e também cansativos, shows da Beat Blues Band.

Nessas viagens, mesmo nas mais curtas, havia a grande vantagem de estar livre de horários, escolher a que horas acordar, onde comer e que lugares conhecer. Para outros, poderia parecer egoísmo; mas, para ele, era apenas um tipo de libertação. Uma forma de dizer ao mundo: "Veja, eu não sou um escravo!".

A maioria das viagens que fazia não eram longas. Não poderia se dar ao luxo de ir para muito longe sozinho, já que precisava voltar para cumprir os compromissos com a banda, rever a namorada e visitar a mãe. Era suficiente, no entanto, viajar nem que fosse cem ou duzentos quilômetros para refletir sobre a vida.

Enquanto percorria as estradas americanas, o gaitista buscava respostas para seu maior conflito. A ausência do pai, o mistério sobre sua identidade, o comportamento da mãe em relação ao assunto... Tudo isso era percebido com maior intensidade em suas viagens solitárias. E, em meio à confusão emocional — a mescla de tristeza, curiosidade, raiva e frustração —, havia esperança de um dia encontrar o pai. Nesse encontro, pretendia ele jogar na mesa todas as questões que o assombraram durante todos aqueles anos.

Em algumas viagens, Charles estacionava a moto em locais ermos, em campos extensos à vista ou à beira de rios, e aproveitava o contato com a natureza. Essa relação com o natural o inspirava a tocar. Ele sacava a gaita e, além dos clássicos blues de seu repertório, passeava por canções nunca antes tocadas, criadas naqueles momentos de reflexão. Deixava-se levar pela inspiração, semelhante ao modo que fazia antes no beco. Essas execuções solitárias eram muito diferentes das que fazia nos shows lotados da Beat. Ambas as experiências o satisfaziam de alguma forma, mas tocar sozinho era, para ele, um exercício perfeito de contemplação.

Um dia, sentado, Charles analisou sua relação com o blues. "Por que eu gosto tanto disso?", pensou. Ele sabia que o blues tinha origem na África, onde a tradição é passada de pai para filho e que, nos EUA, era o tipo de música que sempre esteve profundamente ligado à cultura negra. Charles, porém, não era negro, não estava certo de que havia herdado isso do pai, e sabia que seu sangue não era puramente americano, mas latino. De onde então vinha aquela ligação? Para ele, a explicação era de que sua herança musical vinha dos deuses. Não raro, o gaitista associava sua reação com o blues a algo puramente místico.

Com frequência, o gaitista se lembrava dos escravos das plantações de algodão que usavam o canto de suas *worksongs* para embalar as intermináveis e sofridas jornadas no campo. Certo dia, ao pensar nisso, Charles cantarolou uma canção de B.B. King:

Todo mundo quer saber
Porque eu canto blues
Sim, eu disse que todos querem saber
Porque eu canto blues
Bem, eu estou nessa há muito tempo
Eu de fato já paguei as minhas dívidas

A primeira vez que eu me senti triste
Trouxeram-me em um navio
Homens estavam de pé em cima de mim
E muitos outros com chicotes
E todo mundo quer saber
Porque eu canto blues
Bem, eu estou nessa há muito tempo

O que fazia Charles ser atraído pelo estilo, além do ritmo vigoroso, era a simplicidade de suas poesias sobre religião, amor, sexo, traição e trabalho. Essa mistura poética representou o estado de espírito da população afro-americana por anos. Mas, com o tempo, o blues levaria tanto negros quanto brancos a se refugiarem na melancolia. Com ele, podiam expressar seus sofrimentos, suas angústias e suas tristezas. Aliás, sobre brancos e negros, Charles era enfático: "Somos todos humanos. É isso que importa". Sua consciência de raça, regada por seu sangue latino, o fazia rejeitar o preconceito racial e a cultura americana de separação.

Na escola, Charles já percebia o quanto tudo parecia segregado: mesa de brancos, mesa dos populares, mesa dos negros, mesa dos latinos, mesa dos nerds. No intervalo, dava para ver tudo isso como se fosse um filme. Cidades de brancos e de negros, esportes de brancos e de negros, música de brancos e de negros. Para ele, hóquei era esporte de branco, já que nunca viu um negro jogando. Basquete, percebeu, era um esporte de negros; tênis, de branco; golfe, de branco; futebol americano, misto; e beisebol, o esporte em que os latinos tinham mais chance, além do futebol tradicional – esporte muito venerado no país de seus avós e de sua mãe. O próprio Charles, mesmo sendo branco e nativo, sofreu preconceito por ser filho de latinos, o que o fez sentir na pele o peso da segregação.

Charles sabia que o blues parecia não se importar com nada disso. No blues, pensava ele, há os gênios negros, como Muddy Waters, Buddy Guy, B.B. King, Howlin' Wolf, Little Walter, Junior Wells, Sonny Boy Williamson e Sonny Boy Williamson II; e os gênios brancos, como Paul Butterfield, Eric Clapton, John Mayall e Stevie Ray Vaughan. Para Charles, o blues era o elo entre pretos e brancos. No entanto, sabia ele, a carga emocional do preconceito podia ser facilmente encontrada nas canções de quem o viveu e o percebeu com intensidade.

# 15

NA LITERATURA MUNDIAL, TEMOS A personagem Anna Kariênina, a mulher que abandonou um casamento infeliz para viver um caso extraconjugal com o conde Vrónski. A história conta que, encantada com o charme do conde, Kariênina, que fazia parte da aristocracia russa, decidiu se divorciar do marido para viver uma paixão.

Em certa ocasião, quando a Beat viajou para tocar em outro festival de blues, aconteceu algo que mudou drasticamente o curso da vida de Charles. Nessa feita, Gavin Wilson também acompanhou a banda. Como aquela era uma apresentação importante da atual turnê — e o empresário precisava tratar de questões burocráticas —, ele decidiu também aproveitar um momento ao lado da sua atual galinha dos ovos de ouro.

No dia, a passagem de som seria realizada quatro horas antes da apresentação. No horário marcado, os músicos foram até o local para a checagem dos equipamentos, regulagem e posicionamento de palco. Carol havia dito a

Charles que preferia ficar no hotel descansando. "Tudo bem, meu amor. Nos vemos mais tarde", concordou o gaitista.

A passagem de som fluiu bem e terminou antes do horário. Os músicos então decidiram ir comer e beber em algum lugar. Charles combinou de se encontrar com os amigos minutos adiante, numa lanchonete da região, depois que buscasse Carol no hotel.

Ao chegar no prédio, ele atravessou a portaria, embarcou no elevador, apertou o botão do quarto andar, subiu, desembarcou e caminhou tranquilamente cantarolando um tema de blues pelo corredor. Como a chave do quarto havia ficado com Carol, ele se preparou para bater na porta; no entanto, antes de dar o primeiro toque, percebeu que não estava trancada. Assim, em silêncio, entrou e foi surpreendido com algo que o deixou em estado de choque.

Carol estava agarrada com Gavin Wilson. Faziam sexo selvagem escorados na mesa do quarto. Estavam tão concentrados na relação que nem perceberam a presença de Charles, que ficou alguns segundos em silêncio, vendo todo o movimento e ouvindo os gemidos de Carol. Seu sangue ferveu a uma temperatura semelhante às das caldeiras do inferno. Ali, talvez, pela primeira vez em toda sua vida, sentiu ódio. Com a cara pegando fogo, cerrou o punho e, num rápido movimento, tirou o Velho Diabo de cima de Carol e o socou com força. Carol gritou desesperada e tentou tirar Charles de cima de Wilson, mas não conseguiu. Depois de vários golpes, o gaitista se afastou e deixou o velho no chão, tossindo e tentando se recuperar. Já enrolada no lençol, Carol tentou se explicar, mas sem sucesso. Charles, com razão, não quis conversa. Estava realmente transtornado, o que era de se esperar numa situação como aquela. Wilson, após um tempo caído e sentindo dor, levantou-se, vestiu-se de qualquer jeito, agarrou a bengala que estava escorada na parede e se sentou numa cadeira. Sem dizer mais nada, Charles se virou e atravessou a porta do quarto na velocidade de um relâmpago.

Temos na jornada de Charles uma Anna Kariênina. Na história de origem, além do amor do marido, Kariênina perdeu o status social, o contato com os filhos e se deparou com uma vida bem menos emocionante do que imaginava. Nessa nova versão, não havia filhos ou matrimônio oficial, mas todo o restante também seria tirado de Carol.

Ele caminhou sem rumo. Não sabia o que fazer após a traição. Passou em sua cabeça pegar sua motocicleta e voltar para casa, mas, pensando no compromisso com a banda e com o público, desistiu. Desolado, vagou até a porta de um bar e decidiu entrar para mergulhar em doses de uísque.

As horas se passaram e os colegas de banda começaram a se preocupar com Charles. Ele havia sumido desde que avisou estar indo para o hotel. A tensão tomou os bastidores. Não se sabia ao certo se o sumiço do gaitista tinha a ver com irresponsabilidade ou com algo mais sério – uma tragédia, quem saberia? Entrou em questão a desistência da apresentação, mas, como se tratava de um show importante, os músicos decidiram tocar sem o quarto elemento. "Os improvisos de guitarra e contrabaixo podem cobrir as partes de gaita", sugeriu Alan. Quando subiram ao palco, porém, os três estavam tensos. Naquele momento, Charles já estava por ali, no meio do público, tonto de uísque. Chegou a ser reconhecido por um fã, na multidão, mas negou ser ele o gaitista. Após a segunda ou terceira música, decidiu subir ao palco e caminhou para o *backstage*. Foi barrado pelos seguranças, mas liberado em seguida ao ser reconhecido por um membro da produção.

Lá pela quarta ou quinta canção, ele surgiu com uma gaita nas mãos e posicionou seu microfone valvulado. Angus o encarou com uma expressão de desaprovação e ele acenou com um olhar de desculpas. Era notório que as coisas não estavam bem. Charles se embolou em alguns solos, errou notas, trocou introduções. Por sorte, o entrosamento do restante da banda garantiu que o show fluísse bem.

Angus se programou mentalmente para dar uma bronca no colega após o show. E, quando a apresentação terminou, ele soltou:

— Ei, Charles! Não vai se explicar? Por que você sumiu daquele jeito? Resolveu encher a cara e esqueceu do seu compromisso? Vamos, diga! Que bicho te mordeu?

Charles, cabisbaixo, revelou o que tinha causado tudo aquilo.

— Carol, aquela maldita! Ela me traiu com o nosso empresário. Eu peguei os dois no flagra! Cheguei no hotel e vi tudo.

— Puta merda! — expressou Alan.

— Cara, que vagabunda! — gritou Sam.

— Meu Deus, Charles! Não imaginava que era isso, amigo. Foi mal pelo tom — desculpou-se Angus.

Os companheiros foram compreensivos e odiaram Carol e Wilson pelo ato. Aliás, os traidores não deram com as caras no show, e todos sabiam o motivo.

Em privado, Alan tentou consolar o amigo:

— Cara, você vai sair dessa. Está chovendo mulheres aí fora!

Charles ignorou, fingindo concordar. A canção de Gary Moore poderia ser tocada exaustivamente:

*Costumava ser tão fácil entregar meu coração*
*Mas descobri do modo mais difícil*
*Há um preço que você tem que pagar*
*Descobri que o amor não era meu amigo*
*Eu já deveria saber, após tantas vezes*

Naquela noite, o gaitista bebeu e chorou até pegar no sono.

# 16

CHARLES DESCOBRIU DA PIOR FORMA que, ao lado do luto, a dor de ser traído é um dos piores sofrimentos que se pode enfrentar. A traição trouxe consigo a inclusão abrupta de um terceiro numa relação que deveria ser a dois. Com isso, não apenas a fidelidade ficou perdida, mas também a lealdade. E, dessa forma, não havia como não se magoar profundamente. William Shakespeare dizia que a mágoa altera as estações e as horas de repouso, fazendo da noite dia e do dia noite. A mágoa entranhou-se em Charles, a ponto de ele não conseguir perdoá-la. Vê-la transando intensamente com seu empresário... Bem, talvez tivesse sido melhor que ela o tivesse esfaqueado ou lhe dado um tiro de espingarda. Nos dias seguintes, Carol tentou reaproximação, pediu perdão, mas o gaitista, ferido, desconsiderou qualquer chance de reconciliação.

Em virtude do fato, Charles mudou radicalmente sua perspectiva de vida e o modo de se relacionar com as pessoas e com as coisas, principalmente com a bebida. O que antes era apenas uma fonte salutar de diversão, tornou-se sua válvula de escape. A dura constatação de Charles após o golpe foi que não valia a pena ser ingênuo. Ele admitiu sua falta de experiência. "Por que eu não percebi antes?", "Por que eu fui tão bobo?", "Será que aquela foi a primeira vez que os dois transaram?", "Será que foi só com ele?". Ele decidiu nunca mais negligenciar o pragmatismo em favor de seu idealismo moral.

Após uma semana de luto, o gaitista decidiu, sem cerimônia, enterrar de vez o relacionamento com Carol — e fez isso da forma mais intensa possível. Se antes acreditava e defendia que poderia ser um músico diferente, o que, para ele, significava evitar mergulhar na promiscuidade do show business, agora aproveitaria tudo o que desprezou até ali. Seu apartamento em Nova Iorque começou a ser frequentado por *groupies* que rondavam a Beat Blues Band em concertos — uma mais bela e faminta que a outra. Ele chegou a se envolver sexualmente com Mary Williams, que não era apenas uma *groupie*, mas uma confidente de grandes músicos do blues. Mary ficou mais popular por andar sempre com Sam Adams, o baterista da Beat. Inclusive, ela estava no estúdio na gravação do segundo álbum da banda, cantando nos backing vocals. Aliás, foi a ela que Charles recorreu quando, em um show, esqueceu uma de suas gaitas no hotel.

Charles se entregou aos instintos. Para ele, Carol merecia vingança e certamente ficaria sabendo das novas aventuras sexuais do ex-namorado. A identidade pacata, melancólica e reflexiva ficou embaçada. O gaitista a cada dia era outro e bastava para ele uma nova garrafa e uma nova *groupie* nua em sua cama. Os amigos de banda perceberam a mudança drástica em seu estilo de vida, mas não se opuseram ou interferiram. Para eles, a reação era compreensível. A propósito, por respeito ao amigo, a Beat Blues Band abriu mão da parceria com Gavin Wilson, não renovando o contrato com o empresário canalha. Quanto a Carol, ela se tornou oficialmente a namorada do Velho Diabo.

# 17

A DESILUSÃO TROUXE À TONA outra faceta da personalidade de Charles. Nesse período, ele explorou ao máximo suas ideias de liberdade, coragem e autenticidade. Podemos chamar essa fase de Meses Rebeldes. Para expressar seu novo estilo de vida, decidiu viver mais tempo sobre duas rodas. Aproveitou o espaço na agenda — que antes era ocupado pela namorada — para colocar uma mochila nas costas e sair sozinho numa *roadtrip* pelos EUA.

Meses atrás, o gaitista sequer podia imaginar fazer isso. Mas, à medida que a dor da traição parecia se intensificar e que as noites regadas a uísque e sexo não pareciam resolver o problema, sentiu que essa seria a melhor coisa a ser feita. Então, decidiu sair e organizar a cabeça. Não tinha um plano definido, apenas uma vaga ideia de ir para a Califórnia seguindo o curso da estrada. Após ajustar a bagagem, ficou um tempo olhando sua nova motocicleta, uma Harley Davidson Road King, que estava apoiada no descanso em frente à entrada da garagem. A moto aquecia em ponto morto e expelia uma nuvem de fumaça sincronizada com o ronco contínuo do motor. Charles conferiu a bagagem mais uma vez. Estava tudo ali: peças de roupa, uma barraca, um saco de dormir, um kit de ferramentas, um galão de plástico para gasolina e, claro, algumas gaitas. Ele fechou a bolsa, trancou a porta, sentou na moto, moveu o acelerador para conferir a resposta do motor, respirou fundo e selou seu compromisso com a liberdade. Passando a primeira marcha e acelerando, adentrou na escuridão da autoestrada e pilotou rumo ao incerto.

Enquanto percorria quilômetros e deixava para trás rastros de orgulho, Charles se aproximou mais do homem livre que sempre sonhou ser. E aquele lado selvagem, que antes era apenas uma gota, transformava-se agora num grande e tempestuoso oceano. Colocar os pés na estrada representou para ele uma boa oportunidade de enfrentar seus próprios demônios. Foram longas horas de viagem por lugares interessantes que exibiam paisagens inspiradoras. No fim, esse foi o itinerário: Nova Iorque, Washington, Charlotte, Atlanta, Troy, Nova Orleans, Dallas, Cidade de Oklahoma, Cidade de Albuquerque, Phoenix, San Diego e Los Angeles. Ao todo, doze cidades, com paisagens lindas e inspiradoras. Até os pontos inóspitos, as estradas desertas e os trechos perigosos tornaram a viagem apaixonante e inesquecível. Em cada ponto, um pouco de cultura era absorvido por ele. Um dia, isso certamente seria colocado para fora em forma de notas e letras de blues.

Já num ponto da Califórnia, Charles atravessou o Yosemite Park. Considerou esse um dos lugares mais lindos por onde passou naquela viagem. Admirou a beleza natural, formada por florestas, rios e picos nevados. Importante registrar que, durante todo esse trajeto, Charles não tocou harmônica nem por um minuto. Pareceu querer convencer a si mesmo que se distanciar da gaita era uma parte importante da *autoterapia*.

Após o Yosemite Park, Charles seguiu em direção ao Lago Tahoe, aonde chegou à noite. Lá ele encontrou um tipo de cabana perfeita para o descanso de corpo, mente e espírito. No fim da noite, tomou uma dose dupla de uísque e dormiu como criança. No dia seguinte, desceu para Los Angeles, beirando o oceano Pacífico. Pôde conhecer Monterey e Carmel-By-The-Sea, a cidade em que Clint Eastwood foi prefeito.

Já em Los Angeles, hospedou-se num hotel e tirou o restante do dia para descansar. À noite, após tomar um banho quente, separou a roupa que vestiria nas próximas horas: uma camisa preta (bordada com um lobo confeccionado com lantejoulas prata), uma calça preta de couro, botas marrons e o chapéu Trilby, que John's Wood tinha dado para ele de presente. Também retirou de uns dos bolsos três anéis de prata, que exibiam, respectivamente, uma caveira, um motor e uma cruz. Após se vestir, o gaitista se olhou no espelho e admirou a própria barba, que já estava grande o suficiente para impor respeito.

Era uma sexta-feira e a cidade estava bastante movimentada. A metros de distância, deu para ouvir o ronco do motor da Road King de Charles virando a esquina da Sunset Boulevard, em West Hollywood. Após estacionar seu *cavalo de aço* num recuo à direita, ele caminhou alguns metros a pé até o seu destino, o Table Bar And Grill.

Já no Table, enquanto atravessava o corredor central, Charles não passou despercebido. Já posicionados nas mesas, alguns presentes o encararam. Foi reconhecido e também reconheceu meia dúzia de rostos, mantendo, porém, o olhar firme em direção à mesa que estava reservada para ele. Sentou-se e observou o lugar. Três minutos depois, já havia feito o pedido de uma primeira dose.

Apesar de parecer, Charles não estava ali para ficar sozinho e admirar a decoração. Se assim fosse, não teria escolhido o Table numa noite de sexta-feira. O músico queria diversão, por isso, escolheu intencionalmente o conhecido ponto de encontro de músicos de rock e suas *groupies*. E bastaram quinze minutos para que alguém abordasse o gaitista. De longe, ele observou se aproximar da mesa uma figura magra de quase um metro e oitenta. Um homem de chapéu marrom e óculos escuros, que cultivava uma barba castanha enorme – que fez Charles repensar se sua própria barba merecia mesmo respeito. O homem era ninguém menos que Billy Gibbons, o Reverendo Willie G, guitarrista da lendária banda ZZ Top.

Gibbons cumprimentou o gaitista sorridente e o intimou a mudar de lugar:

— Ei, Charles Lockwood. Que bom vê-lo por aqui, amigo. Veio de longe, hein!? Espero que esteja tudo bem. Veja, estou entre amigos aqui e não aceito que você fique aí, sozinho, com cara de velório. Venha para minha mesa e tome umas comigo. Lá tem garotas e estamos apenas começando a segunda rodada de cerveja. Vamos, rapaz, levante essa sua bunda magra daí e venha com o velho Gibbons.

Charles sorriu, aceitou o convite, levantou-se e caminhou ao lado do Reverendo até sua mesa. Gibbons o apresentou aos amigos que o rodeavam e deu ênfase ao nome de duas das garotas que estavam disponíveis: Louise, uma morena com seios fartos, que se ajeitou do lado direito do gaitista; e Darla, uma loira *pin-up*, que se encostou à esquerda. Já confortável entre as duas, Charles pegou um copo de cerveja que Gibbons havia acabado de encher para ele, brindou e bicou a caneca com gosto.

Em certa hora da noite, Gibbons e Charles acabaram dando um show particular aos clientes do Table. Gibbons puxou as canções e Charles complementou com vozes e batidas percussivas na ponta da mesa. Depois de algumas baladas famosas e da alegria da plateia, um anônimo pegou um violão que ficava pendurado numa das paredes do bar e o entregou nas mãos de Gibbons, que o afinou e, em seguida, o tocou. Charles não teve outra alternativa a não ser tirar uma gaita do bolso e acompanhá-lo. O dueto então marcou aquela noite no Table e escreveu uma nova página nas histórias lendárias do rock and roll.

Entretanto, a noite não foi apenas de diversão...

Lá pelas tantas, enquanto voltava do banheiro, Charles esbarrou com ninguém menos que Gavin Wilson acompanhado de Carol. O empresário estava na cidade para tratar de questões relacionadas a uma nova banda e decidiu levar a namorada ao famoso e badalado Table. É certo que ninguém imaginou que aquele encontro pudesse acontecer ali, mas aconteceu, e não foi amistoso.

Charles, Wilson e Carol trocaram olhares, mas o gaitista fingiu ignorar o casal e voltou para a mesa sem dar uma palavra. Certamente, era melhor ignorar mesmo. Porém, não demorou para que alguém comentasse com Charles: "Olha, o papo na mesa daquele Gavin Wilson é sobre como ele é o maior responsável pelo seu sucesso e de seus colegas de banda". Segundo o delator, o Velho Diabo insinuava com arrogância que, sem o seu dedo de ouro, muitos talentosos reconhecidos, como Charles, seriam apenas músicos de rua, pobres e esquecidos.

Influenciado pela mágoa e aproveitando a nova fase de bad boy do rock, Charles pediu licença ao amigo Gibbons e levantou da mesa com um olhar amedrontador. Caminhou rapidamente em direção a Wilson, pulou por cima da mesa e agarrou o empresário pelo colarinho. Ambos caíram, derrubando garrafas e copos e arrancando gritos dos presentes. Os dois se embolaram por alguns minutos até que os seguranças e alguns clientes os separaram. No entanto, a confusão não parou ali e se estendeu até a saída. Um homem que estava na mesa com o Velho Diabo agarrou Charles pelo ombro e o gaitista rapidamente o derrubou. Mais à frente, enquanto tentava sair do bar acompanhado de Gibbons, Charles foi agarrado pela camisa por um terceiro sujeito e também revidou.

Carol ficou excitada ao ver o ex-namorado em sua nova fase. Ela mordeu os lábios ao vê-lo em ação e certamente foi dormir pensando nele naquela noite.

Se antes havia sido atraída por seu jeito ingênuo e inseguro, agora ela pirava ao ver um homem autoconfiante e desregrado.

A briga no Table ganhou os jornais americanos na época e quase arranhou a imagem de Charles — que, até então, só tinha chamado a atenção pelo seu talento e seu desempenho em cima dos palcos. A redenção do gaitista foi o fato de Gavin Wilson ter ganhado os holofotes e ter a reputação manchada. Na semana seguinte, na primeira página de um famoso tabloide, Wilson apareceu pintado de vermelho exibindo chifres e teve sua famosa bengala transformada em tridente. A matéria apresentava um dossiê, que não só expunha a traição cometida contra Charles, como vários outros pecados denunciados por pessoas do meio musical. No Livro do Apocalipse, o Diabo aparece como um Grande Dragão Vermelho, que é derrotado por Miguel Arcanjo e derrubado do Céu.

# 18

ESTOU OLHANDO AGORA FOTOGRAFIAS HISTÓRICAS na parede da Eldorado Ballroom, antiga casa noturna de blues. Posso ver uma sequência de fotos tiradas num show realizado por Charles Lockwood ao lado de seu maior ídolo, John's Wood. O concerto foi realizado ali mesmo, em Houston, no Texas. Quando o gaitista esteve na cidade para esse primeiro duo, uma relação de amizade se iniciou entre os dois. Wood convidou Charles a ficar hospedado em sua fazenda e, por lá, ambos trocaram muitas experiências. Andaram a cavalo, comeram carne assada, esbaldaram-se em litros de cerveja texana, ensaiaram gaita ao ar livre e compuseram músicas juntos.

A relação pessoal e musical entre o jovem gaitista e seu ídolo serviu como remédio para a desilusão de Charles, o que, consequentemente, o ajudou a se afastar da agenda de rebeldia e libertinagem que andou vivendo. Não que John's Wood fosse algum tipo de santo, mas, como já estava velho e com pouco vigor para bandalheiras, preferia agora a vida pacata do campo. Na época, ele já tinha um relacionamento de anos com uma única mulher, a bela negra Dorothy.

Bastaram alguns dias para que Charles percebesse que John's Wood era um bom homem, diferente da imagem que, durante um tempo, tentaram pintar em manchetes sensacionalistas. A fama de *texano-branco-misógino-racista,* segundo o próprio Wood, era fruto de mal-entendidos e de atos de vinganças de antigos desafetos. Ele se justificou:

— Eu sei que ainda há muito racismo aqui por essas bandas. O Texas é berço de segregação. Mas como eu poderia ser racista, garoto? Eu toquei a vida inteira com negros. Meus pais musicais eram negros. Eu devo minha fama e minha fortuna aos negros que trouxeram o blues para as nossas Terras. Se eles não nos dessem essa herança, talvez hoje nem você me conhecesse. Provavelmente, eu seria apenas um fazendeiro pobre e anônimo, como muitos por aí. E tem mais, garoto! Olhe para ali e veja a cor daquela mulher. É uma negra pela qual eu sou completamente apaixonado. E como eu poderia odiar mulheres? Minha mãe era uma rainha. E como eu sinto falta dela! Meu pai não era um beato... era um velho difícil de lidar. Mas minha mãe era um ser maravilhoso. Santa Anna! Ela me fez acreditar que mulheres podem ser adoráveis.

Charles não era de abrir sentimentos e evitava assuntos sobre a vida amorosa, mas, com Wood, ele ficou confortável para desabafar sobre sua relação com Carol. "Eu sempre fui fiel àquela garota. Dava o meu melhor para ela... mas ela foi ingrata... traiu minha confiança.". O velho músico deu conselhos experientes ao novo amigo e sugeriu que ele transformasse tais emoções em música. "Não esqueça, garoto, blues é lamento! Quantas canções maravilhosas sobre traição nós temos? Então, escreva! Coloque isso no papel! Talvez isso não te cure. Aliás, difícil que aconteça, mas certamente vai amenizar sua dor. Principalmente se você contar com a ajuda do nosso amigo Jack Daniel's", aconselhou o velho Wood, enquanto bebericava seu uísque preferido.

No mundo da música, uma amizade pode resultar não apenas em bons momentos, mas em composições inesquecíveis. E uma parceria musical não precisa necessariamente nascer entre os membros de uma mesma banda. Basta que haja sintonia e respeito entre dois amigos para que belíssimas canções sejam criadas. Foi o que aconteceu com Charles e John's Wood. Ao dividirem a paixão pela gaita e pela música de lamento, encontraram na junção de vozes e sopros uma sintonia musical que marcaria a história do blues.

Tudo era como um conto de fadas
Você me levou para os jardins do amor
Mas quando as luzes do palco se apagaram
Percebi ter sido vítima do furor

Tudo era apenas uma moderna ficção
Onde quem trai vence e morre quem se entrega
Agora enquanto eu toco você se perde na estrada
E cai na eterna culpa de quem planta traição

O que seria da vida de Charles se Alan não tivesse passado no beco aquela noite? Talvez ele não tivesse recebido o convite para ingressar na Beat Blues Band, não conheceria o seu ídolo e não formaria uma das melhores parcerias musicais de todos os tempos. Talvez esteja aí a prova de que nada é por acaso onde os deuses tocam blues.

# 19

Laura estava em casa com a mão no peito e respirando com dificuldades. Apoiada num móvel de canto, ficou parada por alguns minutos tentando se recompor. Quando enfim a dor diminuiu, caminhou em direção ao quarto se apoiando nas paredes, foi até cama e lentamente se deitou. Situações como essa haviam se tornado comuns, mas Laura preferiu encarar isso sozinha, imaginando que um dia o problema simplesmente desapareceria. Entretanto, a crise se intensificou a ponto de literalmente a derrubar. Quando Julie a encontrou caída no chão da cozinha, levou-a às pressas para o hospital. Ao chegarem na clínica, Laura foi examinada e encaminhada para a área de internação. No corredor de espera, Julie ligou para o irmão e avisou sobre o estado de saúde da mãe. Não demorou para que Charles chegasse e se juntasse a elas.

Algumas horas no hospital foram suficientes para descobrirem que Laura era portadora de uma grave doença, desencadeada pelo vício em cigarro. Os médicos concluíram que ela tinha pouco tempo de vida. "Os pulmões estão bastante debilitados. Isso acontece com mais rapidez quando há uma inclinação genética. Ou seja, se alguém da família já teve a mesma doença", afirmou uma das médicas. Julie se lembrou que o avô José tinha morrido com uma doença de pulmão após passar anos fumando.

Charles acompanhou Laura da primeira à última noite durante todo o tempo da primeira internação. Decidido a tirar a mãe daquela situação, fez tudo o que pôde: comprou medicamentos, bancou transportes, tratou das burocracias do hospital. Para lidar com isso, precisou se afastar da banda e sugeriu aos companheiros que chamassem alguém para o substituir. Para cumprir com a agenda de shows, a banda contratou um músico independente para tocar as gaitas. Os membros da Beat deram apoio a Charles, chegando a visitá-lo no hospital. Isso mostrou que a relação entre eles não era apenas musical. "Em todo o tempo ama o amigo e na hora da angústia nasce o irmão", disse Sam, citando um provérbio bíblico. "Estamos aqui para o que der e vier, irmão", afirmou Angus. "Exatamente, pode contar com a nossa ajuda", completou Alan, pondo a mão no ombro de Charles.

Angelina também esteve presente naquela hora difícil. Viajou de Memphis para Pittsburgh para amparar o velho amigo. Enquanto pegava um café na máquina que ficava próxima à entrada, Charles viu Angelina chegar no hospital com um buquê de flores. Foi em sua direção e a abraçou agradecendo por aquele esforço. "Não há por que agradecer, Chad! Tenho certeza que você faria o mesmo por mim", expressou ela. "Você é mesmo um anjo!", exclamou o gaitista. Nos corredores do hospital, ele recebeu dela palavras de consolo e orações após desabafar sobre o estado de saúde da mãe.

Em outros momentos, no entanto, Charles enfrentou o furacão sozinho. Solitário, andava de um lado para o outro, refletia, meditava, rezava. Em certa manhã, sentado numa cadeira de espera, começou a se lembrar de alguns momentos da infância. Numa das lembranças, viu-se ainda pequeno num parque com a mãe, que ainda estava grávida de sua irmã. Naquela cena, em dado momento, percebeu que a mãe chorava. "Por que está chorando, mamãe?". "Não é nada, meu filho." "Ninguém chora por nada." "Às vezes choramos para limpar a alma, querido." "Mas a senhora parece muito triste... vai acabar deixando o bebê triste", disse o menino, enquanto fazia carinho na barriga da mãe. O choro de Laura se intensificou. Ela agarrou o filho com força e disse que o amava muito. Charles nunca esqueceu daquele momento. De alguma forma, aquele abraço foi marcante, e ele decidiu nunca abandonar a mãe e o bebê que nasceria em breve.

Para felicidade de todos, Laura reagiu bem ao tratamento inicial e passou não mais que quinze dias no hospital. Com a melhora, os médicos decidiram dar alta, mas com a condição de que ela mudaria completamente sua rotina, eliminando, obviamente, o hábito de fumar. Se quisesse realmente continuar a viver, ela nunca mais poderia colocar um cigarro na boca. Isso, claro, não seria fácil para quem passou grande parte da vida fumando. A vida em casa foi difícil após a saída do hospital. Laura não conseguia realizar as mais simples tarefas, como varrer a casa ou preparar a comida. Sentia-se fraca e passava o dia inteiro sentada ou deitada. Depois de um tempo, a falta de ar, o cansaço e as dores não só voltaram, como pioraram. Numa das maiores crises que enfrentou, num momento de desespero, Laura chegou a pegar uma faca para abrir a traqueia. Por sorte, Charles chegou na hora e tirou a faca de sua mão, levando-a novamente ao hospital.

Agora a internação seria mais longa e o tratamento mais intensivo. No consultório, a médica foi mais clara e incisiva com Charles e Julie: "Fumar um maço por dia durante vinte anos é suficiente para a doença aparecer. Nós até conseguimos controlá-la, mas ela não tem cura. Se for descoberta em um estado avançado, como é o caso aqui, infelizmente não há muito o que fazer. É uma doença que limita muito a vida. E tem o fato de que a inflamação dos pulmões pode facilitar o aparecimento de complicações cardíacas, câncer e até depressão. Aliás, pelo que vocês já me disseram, parece que a depressão já estava presente na vida da mãe de vocês antes de ela chegar a esse estágio. Isso dificulta muito o tratamento. Nós vamos continuar trabalhando para salvá-la, mas repito: não há muito o que fazer", completou a médica, saindo da sala em seguida. Julie agarrou o irmão e os dois choraram abraçados.

"Por favor, Chad, conte-me uma história bonita!", pediu Laura, num momento em que estava a sós com o filho no quarto do hospital. Ao lembrar que a mãe gostava muito de uma canção, ele narrou uma história sobre a música:

"Eu tenho uma história, mamãe! Ela diz que, há muito e muito tempo, um marinheiro mercante levou seu filho para trabalhar com ele em alto-mar. O nome daquele menino era John... John Newton. Ao lado do pai, ele teve suas primeiras experiências como um marinheiro. Anos depois, quando já estava jovem, alistou-se na Marinha. Um detalhe, mãe... ele era revoltado, talvez por ter tido uma vida difícil na infância. Ao perceber que as condições na Marinha eram ruins, e não podendo protestar, aquele jovem decidiu fugir. Por azar, foi achado por membros da tripulação, arrastado de volta para o navio, açoitado e humilhado publicamente. Passado um tempo, conseguiu se transferir para um navio negreiro para trabalhar como traficante de escravos. E, quando seu navio estava pronto para viajar para as Américas, ele resolveu negociar com o seu comandante para ficar, mas se arrependeu e mudou de ideia. Por isso, foi tratado como indigente e quase morreu de fome. Mas veja que interessante! Ele foi ajudado por escravos que compartilharam sua comida com ele. Após essa situação, com a ajuda de seu pai, o jovem Newton recebeu uma passagem para voltar à Inglaterra. Mas ficou ainda mais revoltado. Ele zombava abertamente de qualquer pessoa que tivesse fé em Deus. Ainda a bordo do navio que o levava de volta à Terra da Rainha, ele achou um livro que encontrou em sua cabine e começou a ler. Daí começou a se perguntar se aquelas coisas sobre

Deus que estavam ali eram mesmo verdade. No mar, em uma das viagens, ele enfrentou uma grande tempestade. As ondas que batiam no navio causaram graves danos à embarcação e isso o levou a crer que iria afundar. Mas, depois de horas retirando a água do navio, Newton gritou: 'Se essa tragédia não terminar, que o Senhor tenha misericórdia de nós!' Imediatamente, começou a se sentir constrangido e indigno. Então pensou: 'Que misericórdia poderá haver num homem como eu?' Semanas depois, passou por outra tempestade e, aí sim, achou que iria morrer. Apavorado, ele finalmente entregou sua vida a Cristo. Depois de ter sobrevivido, passou a crer que existe um Deus que ouve e que responde nossas orações."

Laura abriu os olhos e pareceu pedir a continuação da história. Charles continuou: "Apesar de sua conversão, mamãe, John Newton ainda continuou trabalhando como traficante de escravos. Ele estava totalmente cego para o mal que causava a escravidão, por causa da sua cultura e também porque tinha interesse naquele trabalho. Anos depois, ele disse o seguinte: 'Eu teria sido sobrecarregado com tamanha angústia e terror se eu soubesse que estava cometendo um pecado'. Finalmente, chegando a sua terra natal, Newton teve sua fé fortalecida. Ouviu pregadores que condenavam o tráfico de escravos e sua vida mudou totalmente. Assim, ele abandonou a vida de traficante, tornou-se um sacerdote anglicano, virou autor de canções e um grande defensor do fim da escravidão. Mais tarde, Newton lembrou da época que transportava as cargas de escravos africanos para as Américas. Durante aquelas viagens, os escravos não podiam falar nem gritar. Então, eles sussurravam sons sem pronunciar palavras. A melodia entoada por eles ficou conhecida como 'O lamento da África Ocidental'. Enquanto transportava os escravos, Newton ouviu uma canção em forma de lamento e escreveu as seguintes palavras num papel: 'Maravilhosa Graça'. Tempos depois, escreveu uma letra e juntou com aquela melodia, compondo um hino que ficou muito conhecido. Eu sei que a senhora gosta desse hino.".

Charles começou a cantar baixinho:

*Maravilhosa Graça! Quão doce é o som*
*Que salvou um miserável como eu*
*Eu estava perdido, mas fui encontrado*
*Eu estava cego, mas agora posso ver*

Laura, com esforço, também cantou:

*Foi a graça que ensinou o meu coração a ter medo*
*E a graça aliviou os meus medos*
*Quão preciosa a graça se pareceu*
*Na hora em que eu acreditei*

Os dois entoaram:

*Por muitos perigos, labutas e ciladas*
*Eu já passei*
*Essa graça me manteve seguro até aqui*
*E a graça me levará para casa*

Ao entrar na sala, a enfermeira os viu de mãos dadas cantando outro trecho:

*Sim, quando esta carne e coração falharem,*
*E a vida mortal cessar;*
*Eu possuirei, no íntimo do véu,*
*Uma vida de alegria e paz.*

Quando a música terminou, com a alma em paz, mas com a voz mais cansada do que antes, Laura abriu os olhos, buscou mais forças e decidiu se despedir: "Meu filho, sinto que chegou o meu tempo, e eu não posso levar algo comigo. Perdoe-me por esconder isso de você por tanto tempo, mas não tinha como ser diferente. Há muitas coisas que você não sabe, situações que eu passei para proteger você e a sua irmã. Eu era muito nova quando engravidei. Enfrentei muitas dificuldades para criá-los. Fui traída e abandonada, sofri humilhações, tive que fugir... Eu não queria que nada de mal acontecesse com vocês e, por isso, eu segurei todo aquele peso sozinha. Mas agora que os meus dias se findaram, posso enfim revelar quem é o seu pai… Escute, meu menino: você e Julie são filhos de John's Wood.".

Ao dizer isso, Laura fechou os olhos e se calou para sempre.

# 20

COM AS FOTOS QUE EU tenho em mãos agora, podemos viajar algumas décadas para trás e desembarcar na época em que John's e Laura se conheceram. Johnson's Lockwood era o verdadeiro nome do rapaz que trabalhava no armazém, num bairro próximo à comunidade brasileira, em Flying Hills. Laura Castro era uma moça bonita, que frequentava o armazém com sua mãe e irmãs. Ela chamou a atenção do jovem Johnson's, que, logo no primeiro contato, fez charme para a moça. Laura ignorou as investidas dele, já que não raro recebia cantadas de outros americanos. Aliás, ela havia sido aconselhada por seu pai a tomar cuidado com os nativos, que costumavam ver as latinas como objetos sexuais. No entanto, Johnson's, atraído pela moça, não desistiu do cortejo. Durante os meses seguintes, sempre que via Laura na rua, jogava conversa e tentava receber atenção por parte dela. Isso durou um tempo, até que ele a surpreendeu. Um dia, depois de atravessar o portão da escola, a moça se deparou com Johnson's na calçada. Ele segurava uma rosa e, com uma coragem apaixonada, declarou-se: "Moça, estou caidinho por você e quero provar que não desejo brincar com seus sentimentos. Se você me der uma chance, prometo não te decepcionar". Laura percebendo que as intenções do rapaz soavam honestas e que ele não parecia mais um americano garanhão, cedeu aos seus encantos. Os dois começaram a namorar às escondidas e viveram uma intensa aventura amorosa. As irmãs de Laura tiveram um papel determinante no romance, ajudando a manter o namoro longe do radar dos pais.

Johnson's tinha um irmão gêmeo idêntico, James Lockwood. Os dois eram populares no bairro em que moravam, tinham amizade com a comunidade negra e até frequentavam os *Juke joint*. Mergulhados na cena musical da região, começaram a se apresentar em bares e boates da cidade. Chegaram a formar uma dupla, que tocava temas folclóricos e canções com temática sobre a vida no campo. O blues, no entanto, era um modo de vida para ambos. A estreita relação dos dois com esse estilo era notória desde que eram apenas garotos. A propósito, com o irmão, Johnson's chegaria a compor canções de blues para sua namorada latina.

Johnson's escapava do trabalho e Laura matava aulas para se encontrarem numa estação de trem abandonada. Levados pelo impulso, passaram a fazer amor nos bancos dos vagões desativados. Dessa aventura de prazer, veio o resultado: Laura engravidou. O fato se tornou uma angústia para ela, que precisou esconder a gestação dos pais enquanto conseguiu. Dúvidas e desespero passaram a fazer parte da receita romântica. Laura temeu a reação do pai, que não era o que podemos chamar de homem calmo. José, como diziam em sua terra, era um *cabra arretado.* Certamente, não aprovaria a gestação da filha e tomaria atitudes drásticas. E quando a barriga de Laura já estava evidente, José a pressionou:

— Ocê tá buchuda, Laura?

— Sim, papai, estou grávida! — respondeu ela, sentada no sofá enquanto segurava a mão de uma das irmãs.

— Oxente, Laura! Não imaginava que iria me azoretar com uma coisa dessa! Isso é coisa de quenga, ora... Tu nem casada é, mulher! E quem é que lhe fez mal? Diga logo, diga! Quem foi o homem que lhe triscou?

— Foi o Johnson's, papai.

— Johnson's? Que Johnson's? Pelo nome, é um americano, né? Quem é esse cabra? Eu lhe corto a chibata... Ô, se eu corto!

— É um rapaz que eu conheci, papai... Ele é um bom moço... trabalha no armazém da Rua Treze.

— Bom moço? Eu só acredito nisso se ele se juntar com você... Quero que esse Johnson's seja sujeito-homem com filha minha, se não eu armo uma confusão naquele armazém.

No dia seguinte, Johnson's apareceu na casa de Laura para encarar o velho José, que não foi muito com o rapaz. "Quer ser músico? Vai sustentar filha minha fazendo farra em boteco?", desabafou José. Johnson's procurou ser honesto com o sogro, dizendo que assumiria a moça e o filho. "Mas é claro que você vai assumir. Ou eu lhe corto isso que você tem no meio das pernas", disse o velho em tom ameaçador. Dava para ver que o imigrante era um homem à moda antiga. E foi assim que ele obrigou Johnson's a se casar com Laura, dando até um prazo para se unirem. Em pouco tempo, Johnson's alugou uma casa num bairro próximo e levou Laura para morar com ele. Foi um período difícil, mas se viraram como puderam.

Quando enfim a gestação terminou, Laura deu à luz a um menino a quem chamou de Charles. Ela gostava muito desse nome, cujo significado é homem forte, robusto. O bebê nasceu saudável e deu alegria a todos. Ela pediu que sua mãe, Maria, passasse um tempo com ela na nova casa para ajudá-la com o bebê. A avó rapidamente se apegou ao menino, mas José resistiu a visitá-los por uns dias. Mas não demorou para que o velho imigrante cedesse e fosse conhecer o seu primeiro neto. "Esse menino vai ser um cabra da peste", disse o velho ao envolver o bebê no colo.

Quando o menino já estava grandinho, Johnson's recebeu uma proposta para ir morar em Chicago, onde a cena musical estava quente. Com a possibilidade de fazer shows e gravar com artistas populares, decidiu partir, convencendo Laura a ir com ele. Não foi uma decisão fácil, já que, pela primeira vez, ela ficaria longe da família. "Darei um jeito de ajudá-la em casa, querida! Serei um bom pai para o pequeno Chad e um bom marido para você", prometeu Johnson's. Ele também fez o convite ao irmão, James, que chegou a ficar balançado com o chamado para se mudar de estado, mas que recusou, decidindo ficar em Pittsburgh para tocar um novo negócio ao lado de um sócio.

Em pouco tempo, Johnson's, Laura e o bebê partiram para Chicago, onde começariam uma vida nova. Na época, Chicago já era uma cidade com muitos problemas sociais: criminalidade, pobreza, discriminação racial, desigualdade. Foi nesse cenário que a família Lockwood passou a viver. Situaram-se inicialmente num gueto em West Side, o que causou em Laura um misto de medo e preocupação. Certamente não era o tipo de lugar em que ela gostaria que seu filho crescesse. Johnson's prometeu que os tiraria dali na primeira oportunidade. Segundo ele, só precisava estabelecer seu nome na cena musical da cidade.

Não demorou para que o músico pegasse o jeito do blues de Chicago, que era tocado com bateria, piano, baixo e saxofone, ao estilo básico de cordas e gaita que ele estava habituado até então. Os primeiros trabalhos foram escassos, o que deixou Laura apreensiva. Mas, por conta de seu talento, ele rapidamente ficou conhecido na comunidade musical da região. De bar em bar, de *gig* em *gig*, logo Johnson's estaria sustentando a família. Entretanto, a história tomou outro rumo quando ele começou a ceder diante das facilidades que surgiram junto à fama: bebidas, drogas, mulheres... Tudo isso chegou de bandeja para ele e, numa dose aqui outra ali, numa transa ou outra com putas, tornou-se alcoólatra e promíscuo. Esse novo modo de vida alterou seu estado de espírito e fez com que se transformasse num pai relapso e num marido ausente. Como se não bastasse, nas vezes em que estava em casa, passou a ter comportamentos agressivos. Assim, as promessas de paraíso que Johnson's havia feito à esposa se transformaram num inferno familiar.

Como se não bastasse o drama vivido por Laura em casa, fosse na ausência ou na presença de Johnson's, ela precisou superar uma perda da pior maneira possível. Seu pai ficou doente e, em pouco tempo, veio a falecer com problemas no pulmão. Apesar da saudade e do desejo de revê-lo, por falta de dinheiro e pela insensibilidade de Johnson's, Laura nem mesmo pôde comparecer ao enterro de José. Essa foi uma dor que ela carregou até os últimos dias. Se ao menos pudesse se despedir do homem que lhe deu a vida... se ao menos pudesse agradecê-lo por ter sido um pai maravilhoso... Mas na solidão do casebre em West Side, restou a ela apenas sentar e chorar. Não havia quem pudesse consolar-lhe, dar-lhe uma palavra de conforto, enxugar-lhe as lágrimas. O único que lhe trazia sorrisos incondicionais era o pequeno e inocente Charles.

Passado aquele período, ainda com um nó na garganta, mas com esperança em seu espírito, Laura acreditou mais uma vez nas palavras doces de Johnson's: "Dessa vez, as coisas vão se acertar, querida. Perdoe-me por ter sido tão cruel com você. De hoje em diante, serei o homem de que você precisa." E nessa reconciliação, ela engravidou novamente. A criança selou o acordo entre aqueles que um dia foram perdidamente apaixonados, e a família Lockwood agora teria motivos para ser feliz novamente. No entanto, não demorou para que o rascunho de homem bom esboçado na alma de Johnson's se transformasse numa imagem de ser malevolente. Uma recaída sexual o fez se envolver com uma cantora que ele estava acompanhando nos últimos meses. Tratava-se de uma musa regional do blues, que deixou Johnson's cegamente apaixonado. A cantora se tornou sua amante oficial, sugando-lhe as energias e reduzindo ainda mais sua moral diante da família.

Um dia, cansada daquela situação, Laura decidiu dar um basta. Johnson's havia dito que entraria em estúdio para gravar com uma cantora e que, por conta disso, ficaria ausente na maior parte do tempo. Em certa manhã, ele vestiu a roupa, encaixou seu chapéu de caubói, separou os instrumentos, abraçou o menino que brincava no berço, alisou a barriga da esposa, deu-lhe um beijo no rosto e saiu. Laura se levantou depressa, vestiu-se de qualquer jeito, pegou o filho no colo e seguiu o marido. Apertando os passos, ela o espreitou de longe. Viu Johnson's entrar e sair de um comércio para comprar cigarros, observou-o ajustar os cadarços e o avistou olhando o traseiro de uma mulher — algo que fez Laura ficar constrangida e indignada. Ela continuou o vigiando de longe, até ele atravessar alguns quarteirões e chegar ao estúdio. Ainda em frente ao prédio, Johnson's parou e começou a conversar com uma mulher, que, escorada na lateral de uma escada, fumava um cigarro. Bastou alguns segundos para que Laura visse o marido beijando e abraçando a dama. Ela ficou em choque, suas pernas tremeram e, sem que percebesse, apertou forte a mão do pequeno Charles. "Ai! Ai! Minha mãozinha! Minha mãozinha!", disse o menino em tom de reclamação. Ela voltou a si, agarrou o garotinho e começou a vagar sem rumo. Depois de caminhar alguns metros, chegou num parque, onde se sentou para refletir sobre a cena que tinha acabado de ver — e foi ali que desabou em choro e tomou uma das mais difíceis decisões de sua vida.

Após aquele dia, Laura passou meses planejando uma fuga. Escondeu parte do dinheiro das compras até que tivesse o suficiente para obter passagem só de ida para qualquer outro lugar. Em certa feita, quando Johnson's saiu em turnê com um pequeno grupo de blues, ela escapou. Como não tinha muita opção, decidiu voltar para Pittsburgh, onde poderia contar com a ajuda da família. Não voltou para a mesma cidade e bairro, no entanto, para que Johnson's não a encontrasse facilmente. Apenas a mãe e as irmãs ficaram sabendo do novo endereço. Por isso, depois que partiu, ela nunca mais voltou a ver o ex-marido pessoalmente.

Johnson's foi surpreendido ao descobrir que a esposa havia fugido com os filhos. Assim que deu falta deles, perguntou aos vizinhos se sabiam de algo, consultou conhecidos, procurou em locais em que ela possivelmente poderia estar, mas não teve êxito. Ao perceber que tinha sido deixado, telefonou para a mãe de Laura, mas ela alegou não saber o paradeiro da filha e dos netos. Ele acreditou que um dia a esposa surgiria, arrependida, mas isso nunca aconteceu. Cada vez mais imerso no trabalho, obtendo mais sucesso na cena de blues e vivendo um novo romance, os dias da vida de Johnson's foram passando. Sob a influência de um auspicioso empresário que havia acabado de conhecer em Chicago — um homem chamado Gavin Wilson —, Johnson's Lockwood mudou seu nome artístico para John's Wood.

# 21

Charles abraçou a mãe como nunca havia abraçado. Foi um abraço de desespero, como se ele estivesse reafirmando o compromisso de jamais abandoná-la. "Mãe, eu estou aqui, vou cuidar de você! Por favor, não me deixe!", implorou. Seu choro chamou a atenção das enfermeiras, que entraram no quarto e constataram que Laura realmente tinha partido. "Meus sentimentos!", disse uma delas. "Infelizmente, não há mais nada a fazer", disse outra.

Ainda em prantos, Charles saiu do hospital, pegou sua motocicleta e acelerou. Minutos depois, estacionava e descia para dar a triste notícia à irmã. Ao ouvir o som da Harley, Julie foi até a janela, viu o irmão atravessando o portão e, antes que ele dissesse algo, caiu de joelhos. Charles abraçou-a e tentou consolá-la.

— Ela pediu que eu contasse uma história. Depois cantamos juntos uma canção. Então, ela falou algumas coisas importantes e se despediu. Fechou os olhos para sempre. Nossa querida mãe se foi, Julie — lamentou Charles, enquanto enxugava as lágrimas da irmã.

Após sentar e beber água com açúcar, Julie ligou para o noivo. “George, por favor, venha para cá. A mamãe faleceu!” Depois ela telefonou para suas tias e avisou do falecimento. “Oh, Julie! Meu coração está partido. Deus levou minha querida irmã!”, lamentou a tia Betânia. “Meu Deus! Não pode ser! Que notícia terrível!”, lastimou a tia Rosa, também em lágrimas. As duas disseram que chegariam em Pittsburgh o mais breve possível.

Charles também usou o telefone para compartilhar a dor com a amiga Angelina: “Angel, desculpe-me por ligar a essa hora, mas eu precisava dividir isso com você. Minha mãe partiu agora pouco. Reze por mim e pela minha irmã. Está sendo muito difícil para nós!”. “Oh, Chad! Não precisa pedir desculpas. Lamento muito pela sua dor, meu amigo. Não só vou rezar, como irei para aí assim que possível. Eu sei que você é forte... cuide da sua irmã!”.

Charles e Julie voltaram para o hospital e começaram a agilizar os processos de óbito.

Nas próximas horas, Alan e Angus chegaram para dar força ao companheiro de banda.

— Enfrentar a perda de um ente querido é um duro golpe. É a despedida mais difícil para alguém e, agora que vocês estão passando por isso, desejo que não lhes falte a força e a esperança — disse Angus, tentando confortar o amigo.

No dia seguinte, no cemitério Homewood, o velório foi realizado. O espaço se encheu de amigos e familiares. A cerimônia fúnebre foi realizada por um padre anglicano com quem Laura mantinha amizade por anos. Após a leitura dos salmos e da entoação dos hinos, o caixão desceu à cova. Assim que a terra tapou a urna completamente, flores foram colocadas diante da lápide. E, como última homenagem, Charles pegou a primeira gaita que ganhou da mãe, enrolou-a numa fita branca e a depositou em meio aos ramos coloridos. "Vá com Deus, mamãe! Obrigado por tudo!".

Os presentes se transportaram para a reunião de luto.

Já na casa, Charles preparou perguntas para fazer às irmãs de Laura. Desejava saber detalhes sobre a relação de sua mãe com John's Wood e, em dado momento, enquanto os presentes trocavam palavras de consolo, ele abordou uma das tias:

— Tia Betânia, preciso conversar com a senhora!

— Claro, Chad! O que há?

— Por favor, vamos até a varanda.

— Oh, sim! Claro!

— Tia, as últimas palavras de minha mãe foram a respeito do meu pai... aliás, hoje eu sei por que minha mãe ficou tão desconfortável quando falei com ela sobre o dia em que conheci John's Wood. Ao saber que eu tinha tido contato ele, ficou muito perturbada. Creio que ela estava com um peso grande na consciência e, por isso, decidiu me contar toda a verdade. O problema é que ela fez isso sem revelar detalhes. Fechou os olhos antes que eu pudesse fazer qualquer pergunta. Estou muito confuso, pois ela afirmou com todas as letras que eu sou filho dele. Dá para acreditar? Meu ídolo no blues... e meu atual parceiro musical?

— Oh, Chad! Você me pegou de surpresa. Eu não imaginava que a minha irmã tinha decidido finalmente falar sobre isso.

— Sim, mas tem um detalhe, tia. A Julie ainda não sabe, e eu não pretendo contar para ela antes de conversar com o Wood.

— Você tem razão! Acho melhor você não dizer nada. A coitadinha está muito abalada. É bom poupá-la dessa outra bomba.

— Agora me diga, tia, isso é mesmo verdade? Por que minha mãe escondeu isso da gente por tanto tempo? Eu jamais podia imaginar que Johnson's Lockwood, o nome que eu visualizei nos documentos durante toda a minha vida era o nome verdadeiro de John's Wood. Isso é loucura!

— Sim, é verdade! Sua mãe fez isso para proteger vocês, Chad. Eu não a julgo. Talvez eu fizesse o mesmo se tivesse passado o que ela passou. A história é longa, meu filho, mas vou tentar passar alguns detalhes… Sua mãe era muito jovem quando se envolveu com o seu pai. Ela era bonita, e ele um rapaz charmoso. Formavam um belo casal, mas o nosso pai tinha receio de ela se envolver com um americano. O problema é que Laura se apaixonou pelo Johnson's... e eles começaram a namorar escondidos. Sua tia Rosa e eu ajudamos a manter o namoro em segredo, mas então ela acabou engravidando. Meu pai ficou muito bravo quando percebeu a gravidez, exigiu conhecer o Johnson's e o obrigou a casar com Laura. Pouco antes de você nascer, ela foi morar com ele numa casa que ficava num bairro próximo a Flying Hills. Meses depois, você nasceu. Você era um bebê lindo, Chad! Um fofinho de bochechas rosadas! Trouxe alegria para todos nós. Por conta da desaprovação, papai foi resistente por um tempo, mas depois decidiu visitá-los. Ele pegou você no colo, sorriu e brincou. Papai tinha pinta de durão, mas era um homem bondoso... Bem, depois, quando você já estava maiorzinho, Johnson's decidiu levar vocês para Chicago. Sua mãe ficou receosa, mas, para não desagradar ao marido, partiu com ele. Parece que as coisas lá não se acertaram. De acordo com o que ela contou depois, seu pai se envolveu com pessoas erradas, começou a beber muito e a se envolver com outras mulheres. Chegou a agredi-la algumas vezes e até a impediu de vir visitar seu avô quando ele ficou doente. No entanto, Laura e Johnson's fizeram as pazes e ela engravidou de novo. Quem dera se tivesse ficado aí... mas quando sua irmã ainda estava na barriga, sua mãe flagrou seu pai com outra. Foi aí que decidiu deixá-lo de vez. Laura planejou a fuga por um tempo e voltou para Pittsburgh na primeira oportunidade. Nós demos cobertura para ela e ajudamos com o que pudemos... Johnson's chegou a procurá-la, ligou muito para nossa casa, nos visitou duas vezes naquele ano, mas sua mãe se manteve escondida. Com o tempo, ele se tornou o artista que todos conhecemos, e Laura tomou a dura decisão de criar vocês sozinha. Decidiu não revelar a ninguém que vocês dois são filhos de um astro do blues.

— Estou muito chocado com tudo isso, tia! Eu gostaria de ter conhecido essa história antes. Isso teria mudado a minha vida. Minha mãe foi uma guerreira, mas aquele desgraçado do Wood a fez sofrer e nos empurrou para uma vida difícil. Farei questão de ouvir o que ele tem a dizer. Quero saber quais serão as desculpas que ele vai me dar. Só não farei isso imediatamente. Quero deixar a poeira baixar. Preciso de um tempo para pensar em tudo isso.

— Sim, meu filho, procure esfriar a cabeça. E não sinta ódio do seu pai. Esse sentimento não faz bem.

— Obrigado, tia! Pode deixar.

Como seria impraticável voltar para casa naquele mesmo dia — considerando que as tias de Charles moravam longe —, Julie sugeriu que elas, com seus filhos e esposos, dormissem por lá.

— A casa é grande. Dá para todo mundo. Só dividirmos os cômodos e resolver onde cada um vai ficar.

Como havia ficado tarde para Angelina também voltar para Memphis, Charles aconselhou:

— Angel, sugiro que também durma por aqui. Não acho bom você pegar a estrada a essa hora. Afinal, são mais de onze horas de viagem daqui até a sua casa.

— Não se preocupe, Chad! Eu tinha pensado em ficar num hotel.

— Angel, você pode ficar lá no sótão. Eu arrumo a cama para você. — disse Julie.

— Não quero incomodar, querida!

— Fique tranquila, Angel. Vou subir para ajeitar o seu cantinho.

Naquela noite, Charles e Angelina ficaram até tarde conversando na varanda, assim como faziam no tempo da adolescência.

— Chad, você lembra daquela vez que o Mick subiu na árvore e não conseguiu descer?

— Claro que eu lembro! Tivemos que ligar para os bombeiros para salvá-lo. Aliás, aquele seu gato vivia aprontando. Teve até uma vez que ele fugiu...

— Sim, passamos o dia procurando por ele, até que minha mãe o achou escondido no sofá.

— E aquela vez que quase botamos fogo na casa tentando assar um bolo?

— Sim, fomos para a sala assistir um filme e esquecemos completamente do forno. Só nos demos conta quando o cheiro de queimado já havia tomado a casa inteira.

— O bolo ficou pretinho, pretinho... parecendo um carvão.

— Também teve aquela vez que decidimos ir para outra cidade de bicicleta e nos perdemos no caminho. Pegamos uma estrada deserta e ficamos com muito medo de ser atacados por ursos.

— Dias antes, um homem tinha sido atacado por um urso naquela região...

— Sim, mas o único animal que apareceu para gente foi um gambá indefeso! E você quase morreu de susto!

— Lembro com detalhes do olhar assustador daquele gambá!

Dentro de casa, um a um, todos foram se retirando para os quartos. Quando se deram conta, os dois eram os únicos acordados. Charles disse a Angelina que iria para casa, mas dessa vez, foi ela quem sugeriu:

— Já está tarde, Chad! Por que você não fica por aqui? Acho que ninguém ocupou o sofá!

— Bem, eu moro a poucos quilômetros, Angel, mas acho que eu vou aceitar o seu conselho. Afinal, eu estou um bagaço.

— Então, tudo bem. Vou subir. Boa noite!

— Boa noite, Angel! Até amanhã!

Os dois levantaram ao mesmo tempo e acabaram ficando muito próximos. Os olhares se encontraram; Charles sentiu um arrepio de emoção; Angelina suspirou; ele tocou o rosto dela; os dois fecharam os olhos e se beijaram intensamente.

O pensamento de Angelina, porém, voou até Memphis. Ela lembrou do namorado e reagiu:

— Não posso fazer isso, Charles! Desculpe-me! — expressou ela, retirando-se em seguida.

Charles deitou no sofá e refletiu até pegar no sono.

# 22

Antes de o mundo desabar ao seu redor, Charles estava envolvido na criação de um novo álbum com a Beat Blues Band. Mas, no dia do funeral de Laura, ele disse aos companheiros: "Podem me considerar fora da banda." Não estava mais interessado em voltar a tocar gaita ou a compor canções — queria apenas se isolar e esperar que toda aquela sequência de pesadelos terminasse. A banda então decidiu entrar num período sabático, o que, em outros termos, significou dar um tempo até o gaitista querer voltar à ativa.

Após a morte de Laura, Charles não se encontrou nem mesmo falou com John's Wood. Tinha a intenção de fazê-lo, mas antes precisava digerir a informação de que era filho do ídolo. Tentando colocar os pensamentos em ordem, ele passou a vagar de um lado para outro em cima de sua Harley. Assim, em movimento, buscou a cura para o luto. "Se estiver atravessando o inferno, não pare", dizia Winston Churchill.

Dias depois, após já ter voltado para casa, ele recebeu uma visita. Era de manhã e ele preparava um café quando ouviu um barulho de uma moto. Ao olhar pela janela, viu Alan se aproximando e fez sinal para que ele subisse. Foi até a sala, abriu a porta e esperou. Ao surgir, Alan saudou o amigo e deu-lhe um abraço apertado. Em seguida, entrou e puxou a conversa:

— É bom te ver de novo, Charles!

— Obrigado, Alan!

— Sinto cheiro de café... tem para mim?

— Acabei de preparar uma dose... dá para dividir com você… pegue uma xícara ali.

— Decidi passar para ver como você está, Charlito!

— Estou seguindo…

— Bem, cara, eu sei que, em horas difíceis como essa, a gente corre o risco de falar merda ao aconselhar um amigo. Mas eu já estou acostumado a errar nisso, por isso vou arriscar. Ficar andando por aí como um moribundo não vai adiantar muita coisa. Tu tem que reagir, irmão! Tu é jovem e tem uma vida toda pela frente. Eu também perdi minha mãe e sei como é foda. Mas, cara, é a lei da vida. Um dia todo mundo vai partir. Então, parceiro, é melhor erguer a cabeça e seguir em frente.

Charles apenas ouviu. No fundo, concordava com o amigo, mesmo não tendo disposição para levantar a cabeça como ele sugeria. Alan continuou:

— Olha, não estou aqui apenas para te dar uma palavra de motivação. Eu também quero te fazer uma proposta... E antes que você ache que tem alguma coisa a ver com música ou com mulher, aviso que não é nada disso. Até porque a banda resolveu dar um tempo e eu estou curtindo meu namoro com a Tina. Certamente, você não imagina o que é, mas, pode apostar, vai ser algo que vai te ajudar muito. Só tem um detalhe… eu só vou falar se você decidir dar uma chance para a vida.

— Ah, já vem você com suas ideias malucas, Alan!

— Charlito, tenho certeza que tu vai pirar com essa, irmão!

— Vamos... Diga...

— Cara, assim como eu, tu ama pilotar. A gente sabe que moto é terapia. E se montar nas máquinas ajuda nas horas comuns, ajuda mais ainda quando a gente tá para baixo. Então, cara, minha proposta para você é a gente sair pelo mundo de moto. Viajar para longe, saca? Deslizar pela estrada mesmo. E aí, o que tu me diz?

— Cara, para ser sincero, a única coisa que eu tenho feito ultimamente é pilotar.

— Então vamos aproveitar e fazer uma *roadtrip,* irmão!

— Mas para onde?

— Não sei ainda. Vamos discutir sobre isso. Que tal pegar os EUA de uma ponta a outra? Ou partir para o Canadá? Alaska?

— Bem, Alan! Há tempos eu tenho a vontade de seguir para América do Sul... Viajar para o Brasil... Conhecer a terra do meus avós e da minha mãe. Quero treinar o português e conhecer o universo musical daquele país. Ouvi dizer que tem até cena de blues por aquelas bandas.

— Pô, o Brasil é longe, hein!? Mas eu topo, claro. Tu sabe que eu sou doidão mesmo. A gente só precisa calcular o tempo e os custos. Vou trocar uma ideia com um pessoal de motoclube que eu conheço, talvez alguns já tenham feito uma viagem dessa.

— Ok, então agora eu viro o jogo. Eu só vou tirar minha bunda daqui se for para gente ir para o Brasil. Fora isso, esqueça!

— É assim que se fala, irmão! Charlito, essa viagem vai ser do caramba!

Charles sorriu. A proposta de sair pelo mundo agradou. Parecia uma boa chance de eliminar o peso do luto em uma jornada interessante sobre duas rodas.

Na semana seguinte, Alan retornou com mapas, anotações, dicas de rotas e informações sobre possíveis percalços pelo caminho.

— Cara, não vai ser tão simples. A gente vai passar muitos dias na estrada. Calculo, por baixo, uns dois meses de viagem. Detalhe: só de ida. Vamos ter que levar uma boa grana e economizar. Não sei você, mas eu não me importo de dormir em lugares baratos e passar a noite em barracas. Ah, e tem mais... alguns trechos na América Central e na América do Sul são bem perigosos. Ouvi dizer que a gente pode até tomar tiro de traficantes. Também me disseram que vai ter trechos que a gente vai sentir muito frio, e em outros, muito calor. E sem contar os perrengues que podemos passar com peças quebradas e coisas do tipo. Temos que pensar em tudo isso — alertou Alan.

— Alan, se você pensar que ficar trancado num apartamento com tevê, comida, cobertas quentes e todo conforto necessário não deixa de ser algo perigoso… que você pode escorregar no banheiro, bater com a cabeça no chão e morrer… que você pode enfiar a cara numa garrafa de uísque, ficar bêbado como um gambá e se engasgar com o próprio vômito… ou mesmo entrar numa depressão profunda até seu corpo definhar… sair e ver o mundo, mesmo correndo riscos, é algo que vale a pena. Cara, eu confesso que isso me anima, me encanta, me puxa. Acho que é o mundo me convidando a fazer parte dele. Depois de tomar um chifre da namorada, ver minha mãe ficar doente e morrer nos meus braços, logo após me dizer coisas que eu ainda não absorvi, ir para bem longe é uma ótima saída. Meu desejo era fazer isso sozinho, viver como um eremita. Mas você, Alan, é um desgraçado de um bom amigo e conseguiu me fazer querer sua companhia. Então, pé na estrada! — disse Charles, em tom de desabafo.

Era um desafio e tanto, mas, nas semanas seguintes, já tinham preparado tudo. Decidiram chamar três amigos para acompanhá-los na aventura: Jack, o fotógrafo do grupo; Brad, o homem das rotas; e Michael, principal motorista e responsável por comprar suprimentos (todos do ciclo de amizade da banda). Duas Harley Davidson e um Jeep Comanche que puxava um pequeno trailer — foram esses os veículos que levaram os cinco rapazes até a América do Sul. Numa bela manhã ensolarada, a aventura foi iniciada. Ainda no começo da viagem, pilotando pelas ruas de Nova Iorque, apesar de terem feito aquilo muitas vezes, o sentimento era diferente. Eles sabiam que o destino seria distinto de todos que já haviam feito até então. Dessa vez, não iriam apenas percorrer as estradas relativamente seguras dos EUA, mas passariam por oito países até chegar ao Brasil. Viveriam como nômades durante intensos meses e enfrentariam dificuldades que não podiam imaginar.

Nos primeiros dias, o grupo percorreu Maryland, Virgínia, Carolina do Norte, Carolina do Sul, Geórgia, Alabama, Mississipi, Louisiana e Texas, até chegarem na fronteira com o México, onde as coisas começaram a ficar um pouco mais tensas...

Eles acharam melhor seguir pelo oeste para evitar as áreas com narcotraficantes, mas a fuga não deu muito certo. Ao cruzarem o país, foram parados três vezes na estrada. Uma por militares, outra por membros do movimento indígena zapatista e a última por narcotraficantes. Por sorte, em nenhuma das situações aconteceu nada grave, mas o susto foi grande ao serem parados por traficantes no meio do nada. Armados, os homens mandaram todos descerem e começaram a revirar as coisas. Encontraram parte do dinheiro que estava na bolsa de Michael: trinta e quatro dólares e noventa pesos e exigiram mais coisas em troca da passagem. Em certo momento, um dos traficantes perguntou a Charles:

— Ei, gringo! Me diga... qual é a melhor cerveja do México?

— Corona Extra! — respondeu Charles, temeroso.

O homem não disse nada e se afastou.

Foram minutos de pura tensão. Os narcotraficantes ficaram algum tempo conversando entre eles e, enfim, liberaram o grupo. Quando entraram no carro e subiram nas motos, o homem que havia feito a pergunta colocou a mão no ombro de Charles e disse:

— Bohemia… esta é a melhor cerveja que temos aqui! Enquanto estiver no México, peça essa em homenagem a nós!

— Pode deixar... a partir de hoje, Bohemia!

Já na Colômbia, temendo outro encontro com traficantes, pensaram em alterar o curso da viagem. Descobriram que havia a opção de evitar os percalços, mas isso significava despachar as motos, o carro e o trailer num avião em Cartagena rumo ao Panamá. Isso, claro, custaria o olho da cara. Assim, preferiram seguir.

— Cara, já passamos por isso e saímos ilesos. Eu não contaria com a sorte de novo — disse Jack.

— Sim, mas a gente sabia desse risco desde que saímos de Nova Iorque. Não acho que tem outro jeito, ou vamos em frente ou voltamos para casa — afirmou Alan.

Então, mesmo com medo, o grupo seguiu. Ao chegaram na fronteira, foram recebidos com hostilidade pelos guerrilheiros das Forças Revolucionárias da Colômbia. Alan chegou a ter a ponta de um fuzil encostada em seu nariz.

— Ei, pare, pare! Para onde estão indo? — perguntou um homem encapuzado e armado.

— Somos da paz, amigo. Estamos indo para o Brasil — disse Charles.

— Brasil! Terra do Pelé! — exclamou um segundo traficante.

— Sim, Pelé! Rei do futebol! Mas Valderrama e Rincón também são craques! — afirmou Alan, em espanhol, tentando descontrair.

A piada sobre futebol deu abertura para que pudessem se explicar.

Após conversarem com os chefes do grupo numa barraca, de tocarem blues para os guerrilheiros e de fornecer um pagamento de duzentos dólares, os aventureiros receberam um sinal verde e puderam seguir viagem. Foram colados adesivos nos capacetes e no parabrisas que indicavam que os guerrilheiros tinham permitido a passagem do grupo.

— Alan, seu conhecimento em futebol nos salvou! Aquele tempo que você gastou colando sua bunda no sofá para assistir os campeonatos valeu muito a pena. Estou pensando até em comprar uma bola para você de presente quando chegarmos no Brasil — brincou Charles.

— Um detalhe, Charlito! Não foi apenas o futebol... meu espanhol também nos salvou. Se eu tivesse dito aquilo em inglês, o bandidão lá poderia ter entendido errado e me dado uns tiros no rabo. Aliás, eu dispenso a bola. Prefiro que você compre outra cueca para mim, pois a que estou usando provavelmente está bem suja.

Adiante, na Cordilheira dos Andes, os cinco também enfrentaram fortes chuvas, nevascas, tempestades elétricas e estradas à beira de penhascos, sem absolutamente nenhuma proteção. Em determinado trecho, a mais de cem quilômetros por hora, um dos pneus da Harley de Alan estourou. Por sorte, ele não sofreu um acidente grave e se quebrou todo. “Meu anjo da guarda está de plantão hoje!", brincou, após o susto. Dias depois, a Softail de Charles teve a parte elétrica danificada, o que os fez perder um dia e meio de viagem. Mais à frente, talvez por conta dos momentos de tensão, Michael teve uma forte crise de gastrite e precisou ir a um hospital para ser medicado.

Atravessando o deserto do Atacama, perceberam que o hotel mais próximo parecia não existir. Assim, tiveram que dormir ao ar livre. Charles e Alan ficaram numa barraca; Jack, no trailer; Brad e Michael na cabine do carro. De madrugada, quase foram atacados por uma matilha de lobos que se aproximou bastante do grupo.

No dia seguinte, seguiram até a pequena e isolada São Pedro de Atacama. Ao chegarem na cidade, depararam-se com mochileiros, fotógrafos, astrônomos, outros motociclistas e aventureiros. Decidiram ficar por ali e planejar o dia seguinte. À noite, visitaram um bar onde saborearam pratos típicos com cervejas chilenas e peruanas. Chegaram a dar uma canja com violão, gaita e voz num pequeno bistrô — e até receberam uns trocados dos turistas.

A cada quilômetro, foram tendo novas experiências e criando amizades. Em todos os lugares, conheceram pessoas que contribuíram, cada uma a seu modo e intensidade, com suas formas de ver e sentir o mundo. Turistas, fazendeiros, pastores de ovelhas, ermitões, prostitutas, músicos. Numa das paradas, conheceram um simpático artesão que perguntou a eles quais os pontos turísticos que me mais gostaram no trajeto.

— Para mim, foi a montanha La Quebrada, em Acapulco. — respondeu Alan.

— Eu gostei do pôr do sol em Chantepec, no México... fiquei em êxtase com aquela paisagem. — revelou Charles.

— Certamente, o santuário de Lajas, na divisa da Colômbia com o Equador. Amei aquele lugar! — disse Brad.

— Bem, tudo foi maravilhoso... aliás, toda essa riqueza de cenários está me rendendo um acervo com milhares de fotos. Terei muitos filmes guardados para revelar ao longo da vida. — disse Jack.

— Também gostei de tudo, menos de conhecer os narcotraficantes do México e da Colômbia. — completou Michael.

Então contaram com detalhes sobre as vezes que foram parados pelos grupos armados e que tiveram que improvisar para não serem mortos ou sequestrados.

Depois de pouco mais de cinquenta dias na estrada, finalmente chegaram na fronteira com o Brasil.

# 23

Tenho aqui uma fotografia do acervo de viagem de Jack. Ela mostra uma praia paradisíaca da América do Sul, em Cartagena das Índias. Posso ver as nuvens cobrindo as costas como se fossem montanhas e o sol lindamente se pondo. Foi ali, naquele mesmo lugar, num fim de tarde, que Charles caminhou descalço pela areia e sentou para pensar sobre a vida. Naquele momento, decidiu não lamentar a perda da mãe ou pensar na conversa futura com John's Wood. Apenas direcionou seu pensamento para uma única pessoa, Angelina Swan. Enquanto alternava o olhar entre o mar e a areia, ele se lembrou do beijo na varanda e imaginou, por um instante, como seria sua vida se pudesse ficar com ela novamente. Era o melhor que poderia lhe acontecer depois de tudo o que viveu até ali. Seria um arranjo perfeito, como aqueles que permeiam as melhores canções de blues. Ao constatar isso, ali mesmo, ouvindo o barulho das ondas, ele tomou uma das decisões mais importantes de sua vida...

Com um olhar decidido, Charles virou de costas para o mar, caminhou em direção à orla, atravessou a rua e seguiu em direção ao chalé em que estava hospedado. Já na recepção da hospedaria, pediu ao porteiro que lhe informasse onde poderia usar um telefone. O rapaz apontou para o lado direito e ele seguiu para lá. Não se importando com o fuso horário — pois tanto fazia se fosse manhã, tarde ou madrugada em Memphis —, ele discou o número da casa dela. Um, dois, três, quatro toques e a voz doce feminina falou:

— Alô! Quem fala?

— Alô, Angel! Sou eu, Charles!

— Chad! Nossa, eu queria muito falar com você! Por onde você anda? Julie disse que você decidiu sair pelo mundo... fiquei bastante preocupada.

— Sim, Angel! Decidi fazer essa loucura. Estou há vários dias na estrada, vivendo como um nômade, com Alan, Jack, Michael e Brad. Estou muito longe de casa nesse exato momento.

— Espero que esteja tudo bem com você e com os seus amigos.

— Está tudo bem, sim, não precisa se preocupar. — nesse instante, o tom de voz dele mudou. — Angel, eu liguei para falar uma coisa muito importante com você...

— Estou aqui, Chad! Pode falar.

— Então, é que... Bem, Angel... Não sei como dizer, mas...

— Diga logo, Chad! Estou curiosa.

— É que eu amo você, Angel! Na verdade, eu nunca deixei de te amar. Em todos esses anos, você continuou guardada no meu coração. Eu não sei se um dia vamos voltar a ficar juntos novamente, mas eu senti que precisava dizer isso hoje.

— Oh, Chad! — exclamou Angelina, em lágrimas. — Você não imagina como eu fico feliz em ouvir isso. Eu passei os últimos dias pensando muito em você, no nosso reencontro, naquele beijo... e isso tirou o meu sono. Eu não aguentava mais ser perturbada. O incômodo foi tão forte que eu decidi terminar com o Dale. Eu não podia continuar com ele enquanto meu pensamento estava em você. Eu também te amo, Charles Lockwood! Você é o meu grande amor. Eu quero passar o resto da minha vida com você.

— Estou sem palavras, anjinha! Era tudo o que eu precisava ouvir nesse momento. Queria poder te abraçar, te beijar, te envolver agora. Não posso, mas prometo que, assim que eu voltar para os EUA, vou diretamente te ver.

— Vou esperar ansiosamente por você, querido! Cuide-se, pois temos muito o que viver.

— Serei cuidadoso, minha anjinha! Prometo ligar novamente assim que possível. Um beijo no seu coração!

— Tudo bem, estarei por aqui quando você ligar. Outro beijo!

Eu tenho uma doce anjinha
Eu amo o jeito que ela abre suas asas
Sim, tenho uma doce anjinha
Eu amo o jeito que ela abre suas asas
Sim, quando ela abre suas asas perto de mim
Eu fico feliz, e tudo o mais
...
Oh, se minha garota me deixar
Eu acho que morreria
Oh, se minha garota me deixar
Deus, eu acho que morreria
Sim, se você não me amar, anjinha,
Por favor me diga qual o motivo

# 24

JÁ EM TERRITÓRIO BRASILEIRO, NO Amazonas, a viagem ganhou outro clima. Ao passarem pela maior floresta tropical do mundo, Charles compartilhava curiosidades sobre o local:

— Há uns quatrocentos anos, um capitão espanhol deu nome a esse estado. Quando visitou o lugar, ao descer o rio, ele encontrou uma tribo de índias guerreiras com a qual teria lutado. Ele associou essas índias às amazonas da mitologia grega e, assim, chamou o lugar de "Río de las Amazonas!".

— Bem, espero que essas índias não nos ataquem no trajeto — brincou Michael.

— Imagine eu pilotando a Harley a cem por hora e, de repente, uma lança atravessar o meu pescoço! — manifestou-se Alan.

— Pior é se a tribo for canibal e decidir nos colocar num caldeirão — disse Jack, enquanto manuseava a câmera.

— Certamente vão ficar bêbadas ao morder a pança do Alan... O corpo do cara é setenta por cento etílico! — provocou Brad.

— Sua mãe nunca reclamou do meu bafo de uísque enquanto eu estava em cima dela! — rebateu Alan.

Os cinco gargalharam.

Ao passar pelo Pará, o grupo teve uma das mais interessantes experiências culinárias. Experimentaram pratos de que nunca tinham ouvido falar, cujos nomes eram para eles difíceis de pronunciar: do caruru à maniçoba, do pato no tucupi ao tacacá.

— Acho que aqui eu vou recuperar os quilos que eu perdi durante a viagem. Cada coisa mais estranha e mais gostosa que a outra — soltou Alan, enquanto cortava mais um pedaço de bolo de macaxeira.

Charles ficou fascinado com a cultura local paraense, principalmente no que dizia respeito à música. Fez várias anotações e chegou a registrar num gravador trechos de canções com ritmo de carimbó, calypso e marujada. "Isso aqui pode render uns experimentos interessantes", pensou. Ele percebeu uma semelhança na melancolia do blues com o lundu marajoara, estilo criado a partir dos batuques dos escravos bantos trazidos de Angola e dos ritmos portugueses.

Já atravessando o Maranhão, por conta do asfalto velho e mal remendado, os cincos aventureiros tiveram que seguir devagar em alguns trechos. Isso facilitou para que eles conhecessem um pouco mais da cultura daquele estado. Ao provar um bolo de tapioca, Charles lembrou que sua mãe falava sobre pratos feitos com aquele ingrediente.

Como havia postos de combustível em praticamente cada cidadezinha que passavam, eles aproveitaram para repor o estoque de gasolina. O grupo achou interessante a grande quantidade de motos de baixa cilindrada rodando pelo lugar — a maioria com duas, três e até quatro pessoas de chinelo, bermuda e sem capacete.

Um pouco antes de cruzarem mais uma fronteira estadual, eles pararam num restaurante para jantar. No local, fizeram amizade com um simpático rastafári, que, ao perceber que os rapazes eram músicos, compartilhou o motivo de a capital do Maranhão ser chamada de a Jamaica Brasileira:

— Há alguns anos, o reggae se disseminou por todos os cantos desse lugar. Virou uma febre! Isso começou lá nos anos setenta com os marinheiros que chegavam aos portos de São Luís e de Cururupu. Quando não tinham grana para pagar as putas, eles deixavam discos como pagamento. De alguma forma, os discos de reggae que ficavam nos bordéis começaram a rodar pela cidade, e a música da Jamaica ganhou o gosto do povo.

— Então foi assim que o som do Bob Marley se espalhou aqui? Charlito, acho que agora temos a fórmula para a Beat Blues Band começar a fazer mais sucesso! Aliás, já podíamos começar, né? Tem algum disco nosso aí? Vi um bordel aqui perto! — brincou Alan.

— Pode ser uma boa ideia! Quem sabe com isso transformamos o Brasil inteiro na nova terra do blues? — descontraiu Charles!

— Haja discos e prostitutas, né? — completou Michael.

No dia seguinte, passaram pela Terra do Bumba-Meu-Boi, o distinto Piauí. O grupo percebeu que os piauienses eram bastante religiosos. Passaram por procissões, repararam os grandes templos espalhados em seu entorno e viram vários cartazes que anunciavam festas de santos e padroeiros. Para o acervo de viagem, Jack registrou diferentes patrimônios históricos e sugeriu aos amigos que tirassem fotos ao lado dos monumentos milenares.

Enfim, após uma longa jornada, eles chegaram a Pernambuco. Charles ficou emocionado ao cruzar a fronteira, pois sabia estar pisando na terra dos avós e da mãe. E aquele sonho antigo de tocar um blues no chão do baião estava mais perto do que nunca. Na primeira parada, ele desabafou com os amigos:

— Cara, estou realizando um sonho de infância. Apesar de a gente viver num lugar belo como a América, eu cresci planejando vir para cá. As histórias que a minha avó e a minha mãe contavam sobre esse lugar formaram o meu imaginário. Lendas urbanas, contos, experiências vividas por elas... Vovó falava muito de sua infância no sertão… Contava como a vida tinha sido difícil, mas, ao mesmo tempo, alegre. Eu sempre achei essa mescla muito interessante. É parecido com a vivência dos escravos em nossas terras. Aliás, aqui também teve escravidão, uma das mais duras. Mas o povo daqui conseguiu transformar lamento em poesia. Numa das últimas conversas que eu tive com minha vó Maria antes de ela morrer, disse que um dia eu visitaria esse lugar. Ela me intimou a ir para Exu, o local que ela e meu avô nasceram, conheceram-se, casaram-se, tiveram filhos e viveram até a ida para os EUA. Eu tinha dezessete anos quando a velha partiu e eu reforcei a promessa na lápide dela. Agora que minha mãe também se foi, senti-me mais motivado a viajar para onde estamos agora.

— Que máximo, Charlito! Fico feliz de estar junto com você nessa parada — partilhou Alan.

— O relato me deixou emocionado, Charles! Agora faça pose que eu vou registrar seu primeiro momento aqui na terra de sua avó e de seu avô — brincou Jack, enquanto posicionava a câmera.

Depois da foto, Charles continuou:

— Bem, deixem eu seguir com a aula. Eu aprendi muito sobre esse lugar e quero passar um pouco do que eu sei. Pernambuco é um dos menores estados do Brasil, sabiam? É um estado formado pelo sertão nordestino... o sertão é um lugar onde não tem muita chuva. Por isso, aqui existe a famosa seca. Mas foi nesse cenário difícil que nasceu o baião, um ritmo que usa viola, triângulo, flauta doce e acordeão. O rei desse estilo foi um tal de Luiz Gonzaga, também chamado de Gonzagão. Por coincidência, ele foi conterrâneo da minha família, e o meu avô disse que o conheceu. Muitas músicas desse Luiz trazem o lamento vivido pelo povo daqui. Sua música mais famosa fala assim:

Quando olhei a terra ardendo
Qual fogueira de São João
Eu preguntei a Deus do céu, ai
Por que tamanha judiação

Eu perguntei a Deus do céu, ai
Por que tamanha judiação
Que braseiro, que fornalha
Nem um pé de plantação
Por falta d'água perdi meu gado
Morreu de sede meu alazão

Por falta d'água perdi meu gado
Morreu de sede meu alazão

Enquanto Charles ainda recitava a letra de Asa Branca, um garoto curioso que ouvia a conversa, interrompeu e disse:

— Se vocês gostam de música, é bom saber quem está ali — disse isso apontando para um botequinho.

— Quem está ali? — perguntou Charles, usando o português.

— O Tavares da Gaita. Vocês não conhecem?

— Nunca ouvi falar. Quem é ele?

— Oxe! É uma lenda viva da música! Vem lá das bandas de Caruaru, mas todo mundo aqui conhece.

Curiosos, os amigos se aproximaram da vendinha e viram que um grupo de seis ou sete homens cercavam um velhinho sentado numa cadeira. O velhinho conversava segurando um objeto que Charles reconheceu na hora: uma gaita. A figura então começou a falar:

— Meu nome é José Tavares da Silva, mas meu nome artístico é Tavares da Gaita. Esse nome começou quando eu encontrei um realejo na gaveta de uma sinuca. Com poucos dias, eu já estava tocando e começaram a me chamar assim. Decidi virar o lado do instrumento assim quando vi que saía com o som da sanfona — e começou a tocar.

A partir da primeira nota tocada pelo exótico velhinho, Charles sentiu um arrepio dos pés à cabeça. Era uma gaita, mas com um som completamente diferente do que ele tinha ouvido. Seus amigos também se encantaram com a melodia. Após a primeira execução, Charles saiu, foi até sua motocicleta, pegou uma de suas harmônicas na bolsa do alforje e voltou para dentro do boteco. Tavares da Gaita contou uma história e puxou outra música. Nesse momento, Charles sacou sua gaita e começou a acompanhar o velhinho. Os homens no entorno trocaram olhares sorridentes e apreciaram o dueto.

— Você toca bem, garoto! — expressou Tavares, após a pausa.

— Obrigado! O senhor também... aliás, toca diferente de todos que eu já ouvi até hoje.

— Eu não conheço uma nota musical... aprendi a tocar tudo de ouvido...

— Impressionante!

— A vida é música, meu filho. É só saber sentir que ela flui.

— O senhor é um homem muito sábio! Certamente minha mãe iria gostar de te conhecer — afirmou Charles.

Mais duetos improvisados surgiram da gaita invertida do velho Tavares e das harmônicas do jovem Charles. O velhinho não sabia que estava tocando com um dos mais reconhecidos músicos de blues daquela época. Mas não importava, pois era Charles quem deveria ficar feliz de conhecer aquele gênio da simplicidade, da harmonia e da música brasileira.

Mais quilômetros foram percorridos até que os cinco aventureiros finalmente chegaram a Exu. Ao entrarem na cidade, em um posto de gasolina, um trio com sanfona, triângulo e zabumba, tocava "A Morte do Vaqueiro". Em poucos minutos, foram surgindo pessoas que caminhavam para a tradicional Missa do Vaqueiro. Ao som do baião, elas foram formando pares nas calçadas e começaram a dançar.

Seguindo viagem, o grupo chegou ao Parque Asa Branca, onde pôde ver a réplica da famosa Casinha de Reboco. Charles então lembrou dos versos de uma das canções mais conhecidas de Gonzagão, que sua avó Maria cantava para ele e Julie quando eram pequenos: *"Todo tempo quanto houver pra mim é pouco pra dançar com meu benzinho numa sala de reboco"*. A casa de barro batido ficava na entrada do Parque e mostrava em seu interior um modo característico das casas mais simples do antigo sertão: uma construção rústica, com uma rede pendurada, alguns quadros na parede de barro, o lampião para iluminar a noite escura, entre outros objetos.

Ainda no Parque, os amigos visitaram o Museu do Gonzagão. Infelizmente Jack não pôde fotografar dentro do ambiente, mas valeu a oportunidade, pois puderam conhecer objetos que foram do Rei do Baião: fotos, LPs, sanfonas...

Em frente ao Museu, eles se depararam com uma bela estátua de Luiz Gonzaga com sua sanfona e todos tiraram fotos com ela.

Dali o grupo partiu para o lugar onde José e Maria conceberam e criaram suas três filhas, Laura, Betânia e Rosa. Como já fazia muito tempo, não foi fácil encontrar alguém que soubesse algo para compartilhar com o neto do velho José. Mas, com algum esforço, por intermédio de pessoas daquela região, Charles chegou a uma senhora negra que possivelmente havia conhecido a família.

— Olá, eu me chamo Charles! Disseram para mim que a senhora conheceu o meu avô, José, e minha avó, Maria. Eles tinham três filhas e moraram aqui nesse bairro há muito tempo.

A idosa ficou alguns segundos em silêncio, até que falou:

— José Castro, Dona Maria… e as meninas Laurinha, Beti e Rosinha.

— Isso mesmo. José e Maria foram meus avós. Laura foi a minha mãe.

— Laurinha já é mãe?

— Na verdade, já foi. Ela faleceu há pouco tempo.

— Que pena... era uma menina tão boazinha. Que Deus a tenha!

— Amém!

Depois disso, a idosa contou histórias antigas sobre a família de Charles, o que o deixou absolutamente fascinado.

De tudo o que passou até ali, certamente o que viveu em Pernambuco foi especialmente marcante para Charles. O dueto com uma lenda regional, o contato com a obra do rei do baião, as memórias da família… tudo o fez amar cada segundo no chão do sertão.

Após a grande aventura, Charles e seus amigos seguiram até Recife onde ficariam por uns dias para descansar e, claro, aproveitar as praias. Em Recife, Charles descobriu que o surgimento do blues no Brasil foi similar ao que aconteceu na Inglaterra, na década de 1970. “Como o blues é americano e não tem raízes aqui, foi através do rock brasileiro que o estilo apareceu por essas terras”, explicou um cantor de barzinho que era fã do estilo. “E, cara, você precisa saber que existe um grupo muito importante lá do Rio de Janeiro chamado Blues Etílicos. Esse grupo tem o gaitista, Flávio Guimarães, que é um grande instrumentista. Eu pirei quando ouvi esse cara pela primeira vez! Ah, e se tem outro gaitista que você não pode deixar de ouvir é o Jefferson Gonçalves. O cara faz uma mistura louca de blues com música nordestina. É fascinante! A canção que mais gosto dele é Encruzilhada”, fechou o músico, cantarolando o tema.

# 25

No aeroporto, Charles estava em pé, olhando para os portões de desembarque. Um pouco mais à frente, Alan se concentrava nos quadros de aviso.

— Já era para elas terem chegado, Charlito!

— Calma, Alan! O avião já deve estar pousando… Os EUA não ficam em outro bairro.

— Eu que estou muito ansioso.

— Sim, está. Aliás, eu nunca te vi assim antes. Quem poderia imaginar que Alan, o conquistador, um dia iria se apaixonar?

Mal Charles terminou de falar, e Alan soltou:

— Olha lá, cara! Estou vendo ela... é a minha Tina.

— Sim, e eu estou vendo a minha anjinha.

As moças correram para encontrar os namorados.

— Meu amorzinho! Morri de saudades de você. — disse Tina.

— Tininha, lindinha! Também morri de saudades — rebateu Alan.

— Chad! Estava doida para te ver, meu amor! — desabafou Angelina.

— Minha anjinha! Eu quase morri de ansiedade esperando por você. — expressou Charles.

Os pares se beijaram e contracenaram uma belíssima cena romântica no saguão do aeroporto.

Aquele foi um dia de intensa felicidade para eles, um dia em que aqueles aventureiros puderam apreciar o reencontro com as mulheres de suas vidas. A ideia partiu de Alan, que sugeriu que Tina e Angelina pegassem um voo dos EUA diretamente para o Brasil. As duas amaram o plano, já que também estavam morrendo de saudades de seus namorados. Assim, em poucos dias, elas se encontraram em Pittsburgh e de lá voaram para Pernambuco.

Em terras brasileiras, Charles e Angel viveram momentos muito felizes. Nos cartões postais de Recife, fizeram juras de amor e prometeram jamais se afastar novamente. Decidiram continuar a história que haviam começado há muitos anos quando ainda eram bem jovens. Um dia, debruçados na varanda do quarto do hotel, após avistar um casal de velhinhos, Charles disse à Angelina:

— Anjinha, envelhecer é algo belo. Um casal que envelhece junto, então, é mais bonito ainda. Eu acho lindo casais como aquele ali, quando os dois são bem vividos e andam por aí, de mãos dadas, como se fossem jovens namorados. Acho muito romântico ver o jeito que eles se olham. Eu quero que seja assim com a gente. Andei lendo um escritor inglês que diz umas coisas interessantes... Ele diz que a família é a fábrica que produz humanidade, e o inimigo do amor e da família é o próprio eu. Fiquei pensativo. Ele explica que o individualismo é uma ilusão de adolescente. E que um homem declara seu amor e pede em casamento a mulher como forma de propor que ela o ajude a livrar-se de si mesmo. Acho que é isso que eu desejo com você.

— Que coisa linda e profunda, Chad! Que seja assim... estou aqui para salvá-lo — sorriu Angelina.

# 26

Já de volta aos EUA, e de cabeça fria, Charles avisou a John's Wood por telefone que pretendia visitá-lo.

— Olá, Wood! Precisamos ter uma conversa séria... não posso adiantar por aqui, mas peço que me receba em sua casa para tratarmos desse assunto.

— Claro, Charles! A casa é sua. Pode vir quando quiser.

O velho deus do blues imaginou que a conversa seria sobre música, mais especificamente, sobre o disco gravado por eles, que, naquela altura, já estava em produção.

Dias depois, Charles embarcou rumo ao Texas. Passou a viagem toda refletindo sobre a revelação feita por sua mãe no leito de morte. Procurou também organizar as informações passadas pela tia para ensaiar as perguntas que faria a Wood. Quando o táxi que o transportou do aeroporto à fazenda parou, o gaitista sentiu um frio na barriga, suas mãos suaram e sua boca ficou seca. Dorothy o recepcionou, acomodando-o na sala. Disse que John's estava cuidando de assuntos da fazenda e que logo iria recebê-lo. O gaitista ficou por alguns minutos andando devagar de um canto a outro na sala e observando as fotografias penduradas na parede. Elas exibiam shows, cavalgadas, carros clássicos... Era uma parte da história do velho Wood dividida em imagens. Uma foto antiga, em especial, chamou a atenção dele: ela mostrava mitos do blues como Muddy Waters, Buddy Guy e B.B King. Enquanto Charles a observava concentrado, Wood entrou na sala e o cumprimentou:

— Ei, Charles! É bom te ver de novo, amigo! Como foi a viagem?

— O… oi… olá! Sim, foi tudo bem.

— Eu estava cuidando dos cavalos... ontem uma égua que estava prenha deu à luz a um belo potrinho… tivemos um pouquinho de trabalho com o parto, mas agora está tudo bem. Fique à vontade. Sente-se, vamos conversar.

— Por que você nos abandonou? — disparou Charles, com a voz embargada.

— Como assim, Charles? Abandonei? Do que você está falando?

— Você nos abandonou, John's Wood. Viveu sua vida longe de nós. Eu cresci desejando ter um pai e você estava por aí curtindo sua vida de mito do blues. Por que você fez isso com a gente?

— Que história é essa de pai? Do que você está falando?

— Minha mãe antes de morrer me disse que você é o meu pai... o homem que procurei a vida toda.

— Oh, Charles! Há muitas coisas que você não sabe, meu filho… nada é como você está pensando...

— Não precisa dizer que há coisas que eu não sei. Você passou quase três décadas longe de mim e da minha irmã. Cresci acreditando que o pior tinha acontecido, mas você estava por aí, vivendo o melhor da vida como um cantor famoso. E o pior: você se tornou o meu maior ídolo.

— Então, Charles, eu entendo seu lamento, mas você está falando com a pessoa errada.

— Não, Wood, chega de negar. O tempo de se esconder acabou. Eu não quero nada seu… sua herança... seu dinheiro. Desejo apenas que me diga o motivo de você ter aberto mão da sua família. O que nós fizemos para você?

— Charles, Charles! Acalme-se! Eu não sou quem você pensa que eu sou. Eu não sou o seu pai, Charles.

O gaitista empalideceu. A afirmação categórica de Wood o deixou constrangido. Será que tinha sido tudo um mal-entendido? Será que sua mãe disse aquilo num momento de delírio antes da morte? Será que sua tia havia confundido tudo?

— O que você está me dizendo? Como assim você não é o meu pai? Então minha mãe estava louca?

— Por favor, Charles, sente-se. Vou pegar uma água para você e prometo explicar tudo.

John's Wood foi até a cozinha, retornou com uma garrafa com água, despejou uma quantidade no copo e o serviu a Charles. Depois, ajeitando-se no sofá, respirou fundo e começou a narrar.

— Eu havia prometido não revelar isso a ninguém. Fiz um pacto com o meu irmão, mas agora vejo que não há outro jeito de explicar. Eu não sou o verdadeiro John's Wood. Eu sou o James, o irmão gêmeo dele. Sei que é estranho, soa absurdo, mas essa é a verdade. Para você entender como isso aconteceu, vou contar sobre o dia em que eu recebi um telefonema do meu irmão. "James, preciso que você venha para Chicago. Pegue um avião, um trem, arrume um carro, não importa. Venha para cá assim que puder.". Preocupado, conversei com meu sócio e disse que precisaria me ausentar por um tempo. Na semana seguinte, parti para Chicago. No caminho, imaginei que tivesse acontecido algo com você ou com a sua mãe. Para mim, vocês ainda estavam com ele. Ao chegar em West Side, na estação de trem, fui recebido por Johnson's. Imediatamente reparei que ele estava muito magro, abatido, parecia ter tomado uma surra. No caminho para casa, ele me contou o que tinha acontecido. Disse que fazia um tempo que sua mãe tinha fugido com você e com outra criança na barriga. Ele nunca mais teve notícias de vocês, mesmo tendo entrado em contato com a sua avó e com suas tias. Naquela conversa, ele lamentou ter sido um canalha com Laura. Mostrou arrependimento por ter cometido tantos erros. Ele tinha saudades de você e morria de vontade de conhecer o outro bebê. Talvez esse fosse um de seus últimos desejos... Bem, depois, quando eu já estava sentado na sala da casa de Johnson's, ele me contou o motivo de ter solicitado minha presença. Estava doente... tinha contraído sífilis. Eu pensei que sífilis era algo da Idade Média, que havia desaparecido, que não era uma coisa que poderia ocorrer naqueles tempos. Não sei há quanto tempo meu irmão estava com aquilo, e se realmente era aquilo, mas um médico afirmou que Johnson's tinha mesmo sífilis. Claro que eu me dispus a cuidar dele. Era o meu único irmão. E havia outra coisa... nos meses que antecederam aquilo, eu andava muito arrependido de não ter aceitado o convite dele para morar em Chicago anos antes. Quando eu ouvi uma canção do meu irmão tocando no rádio pela primeira vez, e percebi que ele estava ficando famoso, cheguei à conclusão de que eu tinha desprezado uma grande oportunidade de entrar no mesmo trem. Assim, só me restou lamentar e continuar o trabalho na minha pequena fábrica de salame em Pittsburgh. Mas, quando ele me ligou, imaginei estar diante de uma nova chance de ingressar na cena de blues de Chicago. "Quem sabe ele não me faria uma proposta de voltar a tocar com ele!", pensei.

Charles, atônito, segurava o copo com força — parecia que iria quebrá-lo a qualquer momento enquanto recebia toda aquela informação.

— Eu saberia nos dias seguintes que meu irmão tinha uma ideia muito maluca — continuou o velho Wood. — Até hoje me pergunto se aquela ideia não foi reflexo de sua loucura. Dizem que a sífilis mexe com os miolos das pessoas, mas, na época, mesmo achando aquilo absurdo, ele me deixou balançado com a proposta que me fez. Você deve estar se perguntando que proposta foi essa, Charles. Tente não cair duro! Johnson's quis que eu me apossasse de sua identidade após a sua morte. Ele me disse com uma voz macabra, enquanto me encarava com um olhar sombrio: "James, tem coisas que só acontecem uma vez na vida. Se eu morrer, o legado de John's Wood imediatamente acaba, mas, se você continuar o meu trabalho, poderá desfrutar de fama, glamour e dinheiro." Claro que eu não aceitei imediatamente. Eu precisei pensar muito sobre aquilo. Na verdade, eu fiquei meses matutando sobre o assunto. Sabia que aquilo me afetaria para sempre. Discutimos sobre os riscos e consideramos as possibilidades de sermos descobertos. Claro, estávamos falando de um crime grave, e eu não queria, de forma alguma, parar na cadeia. Mas não preciso dizer que eu acabei aceitando, né? Sim, eu aceitei! Até hoje eu não sei se foi o maior acerto ou o pior erro da minha vida. Para ganhar tempo enquanto preparava tudo para eu substituí-lo, Johnson's anunciou à imprensa que pararia de fazer shows durante um período para cuidar da saúde. Eu fui para Pittsburgh tocar meus negócios, mas logo voltei para Chicago e me isolei com o meu irmão em sua casa. Dispensamos os empregados dele e evitamos ao máximo receber visitas. Foi nesse tempo que ele me passou alguns segredos de voz e técnicas de harmônica. A transição deveria ser perfeita. Para resumir, Charles, fiquei com meu irmão até os seus últimos dias de vida. Depois, fisicamente descoordenado, com a fala enroscada e confusa, Johnson's partiu, e eu me tornei o novo John's Wood. Sim, nós invertemos os fatos. A informação foi que James

Lockwood tinha morrido de sífilis na casa do irmão. E, de certa forma, foi o James que realmente desceu naquele caixão, pois eu assumi outra identidade a partir daquele dia.

— Meu Deus! A vida toda é uma mentira! — constatou Charles.

— Não tenha dúvidas de que isso me assombrou por anos. Já tive muitas crises de consciência, garoto. Perdi muitas noites de sono. E não pense que não foi difícil manter isso em segredo durante esse tempo. Não foi fácil enganar os amigos, burlar a lei, refazer documentos e driblar o banco de impressões digitais. Mas você e eu sabemos que as coisas se tornam mais fáceis quando há dinheiro e quando conhecemos as pessoas certas.

— E como você conseguiu imitar o meu pai nos palcos? — perguntou Charles.

— Bem, você é um conhecedor da obra de John's Wood. Se você lembrar, a partir do quarto disco, houve uma mudança na voz, na forma de tocar gaita e na aparência. Foi ali que eu comecei a aparecer com mais frequência. O álibi foi a doença. Eu disse aos jornais que eu realmente tinha ficado doente e que tinha sido curado, mas que minha aparência e minha voz foram afetadas com a enfermidade. Parte da mídia e dos fãs pareceu engolir a desculpa, mas algumas pessoas não foram bobas para acatar. Nos anos seguintes, surgiram muitas teorias que ainda estão por aí. Centenas de matérias, especulações e até mesmo livros foram aparecendo para sustentar a versão da morte do verdadeiro John's Wood. As pessoas que acreditam nisso se baseiam nas mudanças evidentes e nas centenas de pistas que eu intencionalmente deixei nas letras das músicas e nas capas dos discos.

— Sim, eu me lembro bem dessas teorias... mas eu nunca acreditei em nenhuma delas.

— Claro, publicamente eu sempre neguei. As pistas, porém, contribuíram para melhorar a divulgação do meu trabalho e aumentar as vendas dos discos. Uma das teorias diz que evidências foram deixadas por mim nas letras após eu ter me arrependido da farsa. Isso é verdade! Veja o exemplo de "The End Blues". Nela eu digo: "Eu enterrei o velho John's".

— Não sei lidar com tudo isso… — desabafou Charles. — Estou muito, muito chocado. Vivi sonhando em conhecer o meu pai. Antes de morrer, minha mãe me disse que meu pai é o meu maior ídolo, que também há pouco tempo havia se tornado meu amigo e parceiro musical. Agora descubro que o meu verdadeiro pai morreu e que quem está aqui sentado à minha frente é o irmão gêmeo dele. É surreal! Acho que vou precisar de muito tempo para organizar isso na minha cabeça.

— Tem uma coisa, Charles. Apesar de ter muito tempo, eu jamais esqueci o nome o meu sobrinho. Cheguei a pegá-lo no colo assim que você nasceu, lá em Pittsburgh. Quando Gavin Wilson me apresentou a você e aos seus amigos, lembrei imediatamente que o filho do meu irmão se chamava Charles e que tinha o nosso sobrenome de batismo, Lockwood. Quando conversamos e toamos juntos naquele hotel, pensei que seria muita ironia do destino encontrar o meu sobrinho e descobrir que ele é um músico talentoso como o pai. Seria muita coincidência eu reencontrá-lo após todo esse tempo numa situação como aquela. Como eu guardava esse segredo a sete chaves, decidi não procurar saber se você realmente era meu sobrinho. Quando nos tornamos amigos, porém, foi inevitável perceber. Você tem o jeito dele. Seu modo de agir, de falar, de tocar... tudo lembra o saudoso Johnson's. Pode apostar, ele ficaria muito orgulho de você, garoto!

# 27

Dentro da cabine de gravação, Charles ouviu o produtor musical dizer: "Esse foi o melhor *take* até agora, mas aquela parte do refrão não ficou muito sincronizada. Vou pegar de três compassos para trás, e você entra nessa parte para fazer de novo, tudo bem?". "Ok, manda ver!", expressou Charles. A base foi executada e o gaitista entrou solando. "Agora sim. Ficou muito bom.", fechou o produtor. Charles tirou os fones, saiu da cabine, colocou a gaita em cima da bancada, foi até o canto e pegou um café. Depois caminhou até a recepção, pediu à atendente para usar o telefone e discou o número de seu apartamento em Nova Iorque. Bastou um toque para ele ouvir a doce voz dizer:

— Alô!

— Alô, minha doce anjinha! Como você está?

— Oh, Chad! Estou bem, mas poderia estar melhor se você já estivesse aqui.

— Eu também gostaria de estar aí agora, anjinha, mas o dever me chama. Ainda tenho algumas sessões de gaita para gravar hoje. Mais três ou quatro horas de trabalho e eu vou direto para casa, ok? Podemos pedir pizza hoje, o que acha?

— Uhm, você sabe que eu adoro pizza, querido! Claro que sim... será maravilhoso! Ah, eu aluguei alguns filmes para gente ver juntos. Tem aquele com o Ralph Macchio, que você adora.

— O Karatê Kid?

— Não, aquele sobre blues...

— Ah, sim! Crossroads! Puxa, não me canso de ver esse filme. Será ótimo assisti-lo de novo com você enquanto devoramos uma pizza de calabresa.

— Bem, mas eu prefiro de mussarela.

— Ok, ok! Então vamos de mussarela.

— Por isso você é o meu gatinho!

— Um beijo, querida!

— Outro! Até mais!

Há alguns meses, Charles e Angelina decidiram morar juntos. Como ele havia se mudado da casa em Pittsburgh para Nova Iorque, ela resolveu deixar Memphis e se juntar a ele em seu apartamento. Na grande metrópole, os dois viveram intensos momentos de felicidade e até seguiram com os planos de casar na igreja, ter filhos e juntar dinheiro para comprar uma casa no campo. Enquanto Angelina trabalhava em um novo livro, Charles seguiu tocando e gravando com a Beat Blues Band. Recentemente, o gaitista estava envolvido na gravação do quarto álbum de estúdio do quarteto, "Para onde o vento me levar!".

Apesar do baque, a amizade de Charles com John's Wood continuou firme. Os dois chegaram a sair em turnê depois do lançamento do disco que gravaram juntos. O segredo sobre a identidade de Wood foi mantido. Charles decidiu não contar nem mesmo para Julie, a fim de poupá-la. John's Wood desejava deixar uma biografia escrita antes de morrer para registrar uma das maiores farsas do mundo da música. Pretendia ceder os direitos autorais da obra a instituições de caridade, a fim de se redimir de alguma forma.

— Nossa, estou exausto! Só uma pizza e um filme com a minha garota para repor as energias hoje! — disse o gaitista enquanto guardava as harmônicas na mochila.

— Pizzas e garotas são legais, mas eu não vejo a hora de chegar em casa, abrir uma cerveja e cair no sofá para ver o New York Cosmos jogando... hoje é dia de ver a rede pegando fogo! — rebateu Alan.

— Continuamos amanhã?

— Sim, acredito que amanhã fecharemos as gravações de guitarra e gaita.

Os dois se despediram do produtor e dos técnicos, saíram do estúdio e caminharam em direção às duas motos estacionadas próximas à calçada. Charles encaixou o capacete na cabeça e se ajeitou em sua Road King. Alan, num padrão semelhante, acomodou-se em sua Super Glide. Prontos, os dois deram o habitual soquinho de despedida e aceleraram em direções opostas.

Como de costume, assim que começou a se movimentar pela avenida iluminada, Charles fez sua oração favorita, cujo um dos versos dizia: *"A Cruz Sagrada seja a minha luz, não seja o dragão o meu guia..."*. Depois, começou a cantarolar, enquanto refletia: *"Eu espero que eu viva para ver quando todos os homens puderem saber que são livres"*. Havia algo em Charles que o fazia pensar constantemente em liberdade, e não apenas em canções como aquela de Little Richard. Era algo que vinha de dentro da alma, um *insight* de origem divina, um lampejo inescapável. Para ele, a liberdade era Deus no homem, ou, como às vezes pensava, um artista na alma. Fosse tocando nos becos ou nos palcos, parado ou percorrendo as estradas, a liberdade era algo que o movia. Ele continuou cantando: *"Eu tenho meu dever Rock and Roll. Agora todo mundo, todo mundo, todo mundo tem que ser livre!"*. E sorriu ao pensar em sua anjinha lhe esperando em casa. Ansioso e animado, acelerou um pouco mais a Harley e, antes que pudesse perceber, um carro vermelho o fechou na encruzilhada e o fez bater em cheio na lateral de um caminhão. O barulho foi estrondoso. Pedaços de plástico e metal voaram por todos os lados, e Charles rolou pelo asfalto. O carro vermelho fugiu, e o músico ficou estirado, agonizando por longos minutos, até finalmente o resgate chegar.

Há poucos quilômetros dali, Angelina estava sentada olhando para a caixa de pizza e pensando: "Puxa, acho que já até esfriou! Por que Chad não chega logo?". O filme também estava no ponto. Ansiosa, ela se levantou e olhou mais uma vez pela janela. "Nenhum sinal de Charles. Só resta esperar mesmo", resmungou. Antes que pudesse fechar a cortina, ela foi surpreendida com o barulho do telefone. Em poucos segundos, foi impactada pela notícia que a deixou em prantos. "Meu Deus! Chad!", expressou em desespero. Abaixando-se lentamente ao lado do sofá, ela olhou fixamente para algo que havia deixado em cima da mesa: um objeto que exibia uma fita com dois traços que indicavam o resultado positivo de uma gravidez.

Nas próximas horas, os jornais noticiaram:

> Charles Lockwood, de 27 anos, gaitista da banda Beat Blues Band, morreu nesta quinta-feira de ferimentos causados por um acidente de moto. De acordo com um comunicado da polícia local, Charles pilotava sua moto Harley Davidson na Interestadual 278, em Nova Iorque, quando perdeu o controle e bateu na lateral de um caminhão. Ele foi levado ao Hospital Bellevue, mas morreu em seguida. Investigadores apuram a causa da colisão e se o acidente foi provocado.

Morria uma estrela de blues. O mais solitário e inspirador dos gaitistas. O tocador do beco escuro. O intérprete das canções dos ventos do Sul. Aquele que absorveu o blues desde a raiz, de Robert Johnson a Muddy Waters, de Sonny Boy Williamson a Paul Butterfield. O quarto elemento da Beat Blues Band. O motociclista solitário. O aventureiro de sangue latino e espírito americano.

No velório de Charles, além dos membros da Beat, pôde-se ver muitos músicos de rock e blues, dos mais anônimos aos mais famosos. De cantores a gaitistas, todos compareceram para a última homenagem. Motociclistas conduziram suas Harley em fila por alguns quarteirões, seguindo o carro que levava o caixão. Amigos, como Jack, Michael e Brad, também foram se despedir. Jack levou a que ele considerava a melhor foto da viagem que fez com o amigo — nela, Charles estava tocando gaita, em Pernambuco. Na capela, Carol ficou no canto sem dizer uma palavra com ninguém. Ed, o menino do mercado, levou o par de baquetas que havia recebido de presente de Charles e o depositou junto à urna. John's Wood surgiu segurando uma foto dele com Charles e a colocou próximo ao corpo. Angelina segurou a mão de Julie e não parou de chorar nem por um minuto.

Após um tempo de pranto silencioso, Alan discursou: "Ainda que parecesse durão, nosso Charles era um sujeito doce e sensível. Jamais vou esquecer da primeira vez que o vi. Mesmo eu sendo um músico experiente, senti meu peito arder ao ouvir o som de sua gaita. Não consegui passar direto... precisei parar e sentir aquilo. Depois eu tomei coragem de puxar algumas notas no violão... e a gente se entrosou muito rápido. Eu não sabia naquele dia, mas estava não apenas conhecendo um grande músico, mas ganhando um irmão. Jamais vou esquecer de nossas viagens de moto... nossas visitas a lugares inusitados... a viagem ao Brasil. Aquilo foi inesquecível! Ele se sentia em casa, dançou frevo, tocou baião. Não esqueço também dos nossos shows, nossos duelos, nossos complementos, nossos improvisos. Charles era o cara mais careta do mundo.

Nem cerveja ele bebia quando eu conheci... mas, depois que ele aprendeu a beber, tomamos muitos porres juntos. Ele tinha um amor pela liberdade que ninguém é capaz de explicar. Adorava se sentir livre. Ao mesmo tempo, era um fã incondicional da solidão. E, sozinho, ele se encontrava. Se eu soubesse que iria acontecer aquilo naquele dia, eu teria te segurado no estúdio, levado você para minha casa, dormido na rua contigo, sei lá, mas eu não te deixaria seguir com sua moto por aquele caminho. Mas agora você se foi. Vou sentir muita saudade, Charlito! Descanse em paz, bom amigo, e não deixe de tocar blues com os deuses no céu."

Após o discurso, o reverendo anglicano conduziu a cerimônia, lendo um salmo que falava sobre a brevidade da vida: *"Quanto ao homem, os seus dias são como a erva, como a flor do campo assim floresce. Passando por ela o vento, logo se vai, e o seu lugar não será mais conhecido."*. Depois, uma oração de consolo aos que ficam e um clamor pelo descanso eterno da alma foram feitos. Então, o caixão desceu à cova e o choro se intensificou. E quando as primeiras pás de terra foram jogadas, entre a multidão, com uma voz rouca e bela, um negro misterioso entoou:

Eu disse tchau e tchau vou ver o rei
Tchau e tchau vou ver o rei
E não me importo em morrer, sou um filho de Deus

Eu disse tchau e tchau vou ver o rei
Tchau e tchau vou ver o rei
E não me importo em morrer, sou um filho de Deus

*Você sabe que depois da morte,*
*Você tem que seguir sozinho*
*E não me importo em morrer, sou um filho de Deus*

E naquela noite, mais uma vez, o beco ficou em silêncio.

# O QUE OS DEUSES FALAM SOBRE BLUES

"Tudo sai na música blues: alegria, dor, luta. Blues é afirmação com elegância absoluta."

Wynton Marsalis

"Uma vez que você descobre que consegue, então aí você deve. E não é fácil. Você tem que dar passos certeiros. Você realmente precisa ser mais grato e tem que se esforçar muito pra não ser seduzido pelo blues."

Al Jarreau

"Vá em frente e toque o blues se isso o fizer feliz."

Dan Castellaneta

"Algumas das melhores músicas do blues são algumas das músicas mais sombrias que você já ouviu."

Bruce Springsteen

"Parece que o blues é composto de sentimento, sutileza e medo."

Billy Gibbons

"Mas, entre os sets, eu fugiria para os lugares escuros para ouvir músicos de blues. Cheguei a um ponto em que eu ganhava a vida em clubes de brancos e me divertia em outros lugares."

Stevie Ray Vaughan

"Eu disse que tocar blues é como ter que ser preto duas vezes. Stevie Ray Vaughan errou em ambos os casos, mas nunca percebi."

BB King

"Os brancos ouvem o blues sair, mas não sabem como ele entrou lá."

Son House

"Musicalmente, entretanto, você é um personagem e está cantando uma música. Se você não é seu próprio personagem, você é o personagem da música, na maioria das vezes. Até músicos de blues, muitos deles os mais realistas, às vezes cantavam uma música e retratavam um personagem na música. Há algo a ser dito sobre se envolver na emoção de uma música também, com os personagens."

Jack White

"Eu não toco nada além do blues... eu nunca poderia ganhar dinheiro com nada além do blues. É por isso que não estava interessado em mais nada."

Howlin 'Wolf'

"A música blues está se tornando mais popular do que nunca. Estou sempre encontrando pessoas na estrada que são muito jovens e são guitarristas ... homens e mulheres."

Mick Taylor

"Segundo a história bíblica e toda a história do mundo, o blues foi construído no homem desde o início. A primeira coisa que saiu do homem foi o blues, porque, de acordo com as Escrituras, quando Deus fez o homem, o homem era solitário e triste."

"A própria vida inteira expressa o blues. É por isso que sempre digo que os blues são os verdadeiros fatos da vida expressos em palavras e canções, inspiração, sentimento e compreensão. O blues pode ser sobre qualquer coisa relacionada aos fatos da vida. O blues clama por Deus tanto quanto uma canção espiritual."

"Eu sinto que o blues é na verdade algum tipo de documentário do passado e do presente - e algo para inspirar as pessoas para o futuro."

"O blues é a raiz e as outras músicas são as frutas. É melhor manter as raízes vivas, porque significa frutos melhores a partir de agora. O blues é a raiz de toda a música americana. Enquanto a música americana sobreviver, o blues também sobreviverá."

Willie Dixon (1915 - 1992)

Baixista, cantor, compositor e produtor musical. Um dos nomes mais importantes do blues e uma das principais inspirações para uma nova geração da música que surgiu com o rock and roll.

"O blues é um estado de espírito e a música que dá voz a ele. O blues é o lamento dos oprimidos, o grito de independência, a paixão dos lascivos, a raiva dos frustrados e a gargalhada do fatalista.

É a agonia da indecisão, o desespero dos desempregados, a angústia dos destituídos e o humor seco do cínico. O blues é a emoção pessoal do indivíduo que encontra na música um veículo para se expressar. Mas é também uma música social: o blues pode ser diversão, pode ser música para dançar e para beber, a música de uma classe dentro de um grupo segregado.

O blues pode ser a criação de artistas dentro de uma pequena comunidade étnica, seja no mais profundo Sul rural, seja nos guetos congestionados das cidades industriais. O blues é a canção casual do guitarrista na varanda do quintal, a música do pianista no bar, o sucesso *do rhythm and blues* tocado no *jukebox.*

É o duelo obsceno de violeiros na feira ambulante, o show no palco de um inferninho nos arredores da cidade, o espetáculo de uma trupe itinerante, o último número de uma estrela dos discos. O blues é todas estas coisas e todas estas pessoas, a criação de artistas famosos com muitas gravações e a inspiração de um homem conhecido apenas por sua comunidade, talvez conhecido apenas por si mesmo."

Paul Oliver (1927 - 201)

Historiador da arquitetura e autor de escritos
sobre blues e outras formas de música afro-americana

# POSFÁCIO

Mesmo sem permissão dela ou dos pais, mesmo que briguem comigo ou cobrem do Paulo alguma participação, vou citá-la. O livro não é meu mesmo. Pois bem. Um dia, sem permissão do Paulo, usei um conto dele intitulado O Gaitista, numa prova de uma escola em que trabalho. Não vou citar o nome para não parecer propaganda: Escola Terra dos Papagaios, em Tamoios (Cabo Frio). Então, uma aluna fofa, cujo nome também não vou revelar, chamada Geovana, me disse conhecer o autor. Claro que fiz uma enorme publicidade do autor. E claro que falei do texto com o encantamento de um pai que apresenta o desenho de um filho. Li, comentei, falei do Paulo, tentei encantar a molecada e acho que consegui. Naquele momento, O Gaitista era apenas um conto. Algum tempo depois, a surpresa: Paulo me dissera que viraria um romance. Achei maravilhoso. Um dia ele me aparece no CIEP, onde foi meu aluno, com os originais. Queria que lesse, opinasse, corrigisse (coisa de ex-aluno, não que seu texto precisasse mesmo de correção). Li, pitaquei, revisei. Amei a história.

Quando conheci o Paulo, no início do Ensino Médio, a poesia já morava nele. Fiz muito pouco para que se tornasse um escritor em potencial. Na verdade, penso que minha única participação nessa história toda foi avisar a ele que lá dentro dele tinha poesia, tinha um narrador excelente. Ele acreditou nisso. E justamente por ter acreditado é que estamos todos aqui: ele, escritor; todos nós, leitores encantados; e eu, claro, um leitor metido a besta, me sentindo orgulhosíssimo por estar posfaciando um livro desse cabra.

Neste romance, Paulo abusa das descrições com a maestria de quem entende de música e de literatura, faz citações de grandes nomes do blues, cita canções, um espetáculo. A história é ambientada nos Estados Unidos, terra do blues. Paulo, que além de blueseiro, é romancista, também é pesquisador, e fez uma excelente pesquisa para ambientar seus personagens de forma segura e inteligente.

Um segredo permeia quase toda a narrativa. E esse segredo vai sendo revelado gradativamente, de forma instigante, envolvente. Como disse no primeiro romance de Paulo, que tive a honra de prefaciar, ele tem uma capacidade narrativa espetacular, e agora volta a me surpreender com essa capacidade. Sujeito bom esse Paulo.

Muitos acontecimentos desta narrativa estão diretamente ligados à Beat, banda de blues que acolhe aquele gaitista que, no conto inicial, tocava num beco. Então diversos conflitos, diversos acontecimentos envolvendo seus integrantes vão se cruzando, se interligando, formando uma trama gostosa cheia de surpresas e com final surpreendente.

Parabéns, leitor, pela aquisição desta obra espetacular!

Parabéns, Paulo, por nos conduzir por mais esta viagem!

Isac Machado de Moura

Professor de Língua Portuguesa e Literatura

# AGRADECIMENTOS

No topo da lista está Deus, o Criador. Sem o mundo criado por Ele, nada do que é, seria. Como disse Willie Dixon, "o blues clama por Deus tanto quanto uma canção espiritual". Ray Charles explicou: "É apenas uma questão de saber se você está falando sobre Deus ou uma mulher. [...] então acho que o blues e o gospel são quase sinônimos na música".

Também aproveito para agradecer a segunda pessoa da Trindade com a letra de um blues-rock: "Jesus acabou de deixar Chicago e está rumando para New Orleans. Bem, agora... trabalhando de um lado para o outro e todos os pontos entre eles. Deu um pulo no Mississippi, bem, água barrenta tornou-se vinho. Então foi para a Califórnia através das florestas e os pinheiros. Ah, me leve com você, Jesus. Você pode não vê-lo pessoalmente, mas ele vai ver você do mesmo jeito. Você não precisa se preocupar porque cuidar de negócios é o que ele faz."

Obrigado, Paráclito, por ser "aquele que consola ou conforta; aquele que encoraja e reanima; aquele que revive; aquele que intercede em nosso favor como um defensor numa corte.". Sua canção em mim continua a tocar.

Um abraço de gratidão ao Gabriel Santana, por mentorar esse livro, dedicando grande parte do seu tempo para melhorá-lo. Foram horas e horas lendo, revisando, analisando e aperfeiçoando. Seu trabalho de edição e produção foi fundamental para que esta obra tomasse forma.

Agradeço também ao Seymour Glass por não só escrever o belíssimo prefácio (que podemos até chamar de ensaio) como contribuir com informações sobre migração, racismo e segregação na América. Sem o relato de sua experiência, a história deste romance não teria o mesmo peso.

Rubens Lima, o trabalho de capa foi primoroso. Duda Amorim, parabéns pela tradução fidedigna das canções de blues que aparecem na história. Pedro Valadares, estou grato pelo primoroso trabalho de revisão gramatical. Rafael Censon, graças pela pós-revisão.

Eterna gratidão à primeira leitura deste livro, Dona Laís Figueiredo. Há cerca de oito anos, quando este livro era apenas um manuscrito bruto e desajeitado, ela criou o interesse na leitura e passeou pela história como se fosse de um best-seller. Jamais vou esquecer suas palavras de incentivo.

Palavras de gratidão ao Isac Machado de Moura por ter usado o conto que deu origem a este romance na questão de uma prova e apresentado aos seus alunos Charles Lockwood, até então, apenas um gaitista misterioso. Obrigado também por ter lido este romance quando era apenas um punhado de páginas soltas e por ter sugerido melhorias na história.

Agradeço aos mestres da literatura Machado de Assis, Nelson Rodrigues, G.K. Chesterton, C.S. Lewis, Mark Twain, Stephen King e Neil Gaiman por me darem um norte sobre escrita. Alguns de vocês já não estão mais entre nós fisicamente, mas seus espíritos permanecem no meu coração — e suas obras se mantêm nas partículas das minhas histórias.

Um agradecimento aos deuses do blues por terem acendido a chama que deu origem a esta história, do Mississippi Blues ao Chicago Blues, do Texas Blues ao Blues Rock: Robert Johnson, Son House, Muddy Waters, Buddy Guy, Willie Dixon, Sonny Boy Williamson, Sonny Boy Williamson II, B.B. King, Howlin' Wolf, Little Walter, Junior Wells, Paul Butterfield, Eric Clapton, John Mayall, Stevie Ray Vaughan e tantos que já ouvi.

Aos brasileiros Blues Etílicos, Nuno Mindelis, Flávio Guimarães e Celso Blues Boy. Em especial, a Fernando Noronha por me causar impacto com sua guitarra. Aos dezesseis anos, eu já era músico e já conhecia muito do rock, mas a canção Pay Back me levou a querer conhecer o blues de maneira mais aprofundada. Algo semelhante aconteceu quando eu conheci o trabalho de Jefferson Gonçalves, um dos maiores gaitistas de todos os tempos. Eu escrevi parte deste livro ouvindo os discos Ar Puro e Greia. A mistura de música nordestina e blues do som de Jefferson me inspirou a mesclar esses elementos na receita narrativa deste livro.

Para fechar, obrigado meus amores, Patricia Cardoso, Gabriel Macedo e Benício Macedo. Vocês dão sentido à minha vida.

# CONTEÚDO BÔNUS

Lista de canções citadas na história:

- Cross Road Blues - Robert Johnson, 1936 (*fonte:* Columbia/Legacy).
- Memphis Blues - Wc Handy, 1912 (*fonte:* Inside Sounds)
- Whiskey Rock-A-Roller - Lynyrd Skynyrd, 1975 (*fonte:* *Geffen)
- Let Me Love You Baby - Buddy Guy, 1961 (*fonte:* Silvertone)
- Leave My Girl Alone - Buddy Guy, 1967 (*fonte:* Universal Music Group International)
- I Want To Be Loved #2 - Muddy Waters, 1955 (*fonte:* Epic/Legacy)
- Why I Sing The Blues - BB King, 1969 (*fonte:* *Geffen)
- Sweet Little Angel - BB King, 1956 (*fonte:* Virgin Catalog (V81)
- Amazing Grace - John Newton, 1779 (*fonte:* RCA Records Label)

- Freedom Blues - Little Richards, 1970 (*fonte:* Rino/Warner Records)
- Bye And Bye, Goin' To See The King - Blind Willie Johnson, 1930 (*fonte:* Classic Mood Experience)

## Canções para ouvir lendo o prelúdio e o capítulo catorze, quando Charles toca sozinho:

- Harmonica Solo - Peter Ives (*fonte:* Rino/Warner Records)
- Solo Harmonica Chug - Chicago Blues Harmonica Players (*fonte:* Gracetone)
- Solo Harmonica - The Chess All Stars (*fonte:* Gracetone)

Você pode ouvir essas e outras canções na Playlist do livro no Spotify através do link: http://bit.ly/onde-os-deuses-tocam-blues

## Filmografia Sugerida

- [Documentário] O Diabo na Encruzilhada: A História de Robert Johnson, 2019 (*fonte:* Netflix)
- [Documentário] A Todo Volume (original: "It Might Get Loud"), 2008 (*fonte:* Steel Curtain Pictures/Sony Pictures).
- [Filme] Crossroads (A Encruzilhada), 1986 (*fonte:* Columbia Pictures)
- [Filme] Na Estrada, 2011 (*fonte:* IFC Films)
- [DVD] Oswaldo Montenegro - 3x4 (Bloco Blues), 2015 (*fonte:* http://bit.ly/3x4-bloco-blues)

## Estilos de blues usados na história:

**Delta Blues** - Um dos mais antigos estilos da música blues, que foi originado na região do Delta do Rio Mississippi, nos Estados Unidos, que se estende de Memphis, Tennessee, a norte, a Vicksburg, Mississippi, no sul, e do Rio Mississippi, a oeste, ao Rio Yazoo, a leste — essa área é famosa tanto pelos solos férteis como pela sua pobreza extrema. Violão e gaita são os instrumentos predominantes desse estilo. O vocal varia dos cantos mais melancólicos e calmos aos mais agitados e animados.

**Chicago Blues** - Forma de blues criada em Chicago com a adição de instrumentos elétricos, bateria, piano, baixo e algumas vezes saxofone ao estilo básico de cordas/gaita do Delta blues. Este estilo desenvolveu-se principalmente como consequência da "Grande Migração" de trabalhadores negros pobres do sul dos Estados Unidos para as cidades ricas do norte, Chicago em particular, na primeira metade do século XX.

**Texas Blues** - Subgênero do blues, que não se limitada a músicos oriundos do Texas. O estilo tem algumas variações, mas é tipicamente tocado com mais swing que outros estilos de blues. Este estilo se diferencia pelo uso de sons, especialmente pelo timbre pesado da guitarra elétrica. O Texas blues também tem nos solos de guitarra pontes nas canções.

**Blues-Rock** - Estilo musical híbrido, que combina elementos do blues com rock and roll. Tem ênfase maior na guitarra elétrica. Começou a ser desenvolvido como um estilo distinto em meados da década de 1960, na Inglaterra e nos Estados Unidos, com o trabalho de bandas de rock que experimentaram a música de artistas de blues.

## Dicionário musical do blues e outras coisas

**Blues.** Canção, quase sempre nostálgica ou lamentosa, caracterizada por frases de doze compassos, por estrofes de três versos, em que as palavras do segundo verso frequentemente repetem os do primeiro, e pela recorrência de blue notes na melodia e na harmonia.

**Doze compassos.** O blues de doze compassos é uma das mais proeminentes progressões harmônicas na música popular. A progressão de blues tem uma forma distintiva em letra, frase, estrutura de acorde e duração. Na sua forma básica, é predominantemente alicerçada nos acordes I-IV-V.

***Blues Note.*** Nota cantada ou tocada com um timbre ligeiramente mais baixo do que o da escala maior, o que faz com que a nota tenha um som distintivamente triste e melancólico; a própria palavra 'blues', em inglês, é sinônimo de melancolia.

***Shuffle.*** Ritmo de blues cadenciado e baseado em riffs, geralmente tocado com linhas de nota única, acordes simples ou uma combinação dos dois, criando um som distinto, exclusivo. Os *shuffles* reforçam o ritmo e formam um efeito repetitivo conhecido como *groove*.

***Riff.*** Uma progressão de acordes intervalos ou de notas musicais, que são repetidas no contexto de uma música, formando a base ou acompanhamento. *Riffs*, geralmente, formam a base harmônica de músicas de Jazz, Blues e Rock. Os *riffs* são, na maioria das vezes, frases compostas para guitarra elétrica ou, no caso do blues, para a gaita.

***Bend.*** Técnica utilizada na guitarra, na qual se levanta ou se abaixa a corda do instrumento para chegar em outra nota. Ao se curvar a corda, a nota que era tocada tem sua afinação mudada, elevada a uma nota mais aguda. No caso da gaita, isso é feito virando um pouco o instrumento para cima ou para baixo para obter um efeito semelhante.

**Vibrato.** Técnica que consiste na oscilação de uma corda de um instrumento musical, utilizando-se um dedo, produzindo assim um som diferenciado – 'vibrante', como sugere o nome. Na gaita, um dos efeitos mais característicos e, consequentemente um dos mais usados, é o vibrato de garganta ou vibrato gutural. Essa técnica costuma funcionar melhor nas notas aspiradas.

***Wah Wah.*** Técnica cujo nome é uma onomatopeia que faz referência ao som do instrumento, que varia entre mais aberto ou mais fechado. O efeito de *wah wah* pode ser obtido na gaita de boca (harmônica) através de um movimento feito com uma das mãos enquanto se toca o instrumento.

***Drive.*** Som distorcido, com timbre geralmente grave ou rouco, usado para dar maior agressividade ou ênfase em determinado som. No blues, no rock and roll e em estilos derivados, é comumente usado na guitarra. O mesmo efeito pode ser aplicado na voz, fazendo lembrar o som de latido de um cachorro bravo.

**Pentatônica.** Em música, o conjunto de todas as escalas formadas por cinco notas ou tons. As mais usadas são as pentatônicas maiores e menores, que podem ser ouvidas em estilos musicais como o blues, o rock e a música popular. Muitos músicos denominam-na simplesmente de penta.

***Call and response.*** Em tradução, "chamada e resposta". Na música, é uma sucessão de duas frases distintas geralmente escritas em partes diferentes da música, onde a segunda frase é ouvida como um comentário direto ou em resposta à primeira. Corresponde ao padrão de chamada e resposta na comunicação humana e é encontrado como um elemento básico da forma musical, como a forma de verso-coro, em muitas tradições.

***Slide Guitar.*** Também chamado de *bottleneck guitar*, é uma forma de tocar guitarra, em que se utiliza no dedo médio, anular, mínimo ou indicador (este último menos comum), um pequeno tubo oco cilíndrico, feito de metal, vidro ou cerâmica. Com o objetivo de alterar o tom em que se toca, deslizando esse tubo pelas cordas da guitarra. Este método, introduzido inicialmente na música do Havaí, passou a ser utilizado nos blues, blues rock e no country.

***Jam ou Jam Session.*** Em estilos de música popular, como o jazz e blues, por exemplo, *jam* significa tocar sem saber o que vem à frente, de improvisação. Nos clubes de jazz, é comum que, após o número principal, os músicos presentes entre o público sejam convidados para subir ao palco e tocar junto com a banda sem ensaio prévio.

***Gig.*** Trabalho para o músico profissional, que pode ser um show ou evento. Refere-se à apresentação de um artista ou banda, principalmente de blues, rock, pop ou jazz. Usa-se também o verbo *to gig* ou *to play a gig*.

***Backstage.*** Área atrás do palco de um teatro, especialmente onde ficam as salas em que os atores trocam de roupa ou onde o equipamento é guardado. O mesmo termo é usado para se referir aos bastidores de um show ou concerto.

***Roadie.*** Técnico ou pessoal de apoio que viaja com uma banda em turnê, geralmente em ônibus leito, e lida com cada parte das produções de shows (montagem, preparação, afinação de instrumentos) exceto realmente executar a música com os músicos.

***On the rocks.*** Ao traduzir a expressão literalmente, você irá obter algo como "nas pedras". Isso se relaciona ao seu segundo significado: ao se referir a bebidas, mais comumente a uísque e gim, a expressão significa "com gelo".

***Roadtrip ou Road Trip.*** Uma viagem de longa distância na estrada. Normalmente, viagens rodoviárias para locais distantes, percorridas por automóvel ou motocicleta. Muitas pessoas fazem essas viagens para fins recreativos. Outras motivações incluem a visita a parentes que podem morar longe. O termo é comumente usado em diários de motocicletas.

***Groupie.*** É uma pessoa que busca intimidade emocional e/ou sexual com um músico. O termo, utilizado pela primeira vez em 1967 para descrever garotas que perseguiam lascivamente integrantes de bandas de pop ou rock, é derivado da palavra em inglês *group*, que por sua vez é uma referência a *musical group*.

***Juke joint.*** Pequeno estabelecimento informal de música, dança, jogos e bebidas, operado por afro-americanos. Os *juke joint* são comuns no sudeste dos Estados Unidos, em áreas com populações afro-americanas, e se localizam principalmente em cruzamentos de estradas. Muitos historiadores apontam esses locais como os responsáveis pelo surgimento do blues. Alguns acreditam que o termo *"juke"* deriva da palavra *"joog"*, em gullah (língua crioula), que significa 'desordem'.

**"Cross Road Blues".** Também conhecida como "Crossroads", é uma canção de blues escrita e gravada pelo cantor de blues Robert Johnson, em 1936. Johnson a executou como uma peça solo com vocal e guitarra acústica no estilo Delta Blues. A canção tornou-se parte da mitologia de Robert Johnson por se referir ao lugar onde ele supostamente vendeu sua alma ao Diabo em troca de seus talentos musicais, embora a letra não contenha nenhuma referência específica.

www.abajourbooks.com.br